或序或散成圖

惟得◎著

U0164742

初文

或序或散成圖

惟得 著

失驚無神說惟得

迅清

去年十二月上旬，惟得來了電郵，囑咐為他的新散文集寫序。惟得做事直接了當，二話不說，半句費話也沒有。平素大家沒有甚麼通訊，突然來一封電郵，好比聖旨一道，豈敢不從。當年大家合作編《大拇指》書話版，就見到他的真功夫。我少不更事，說話太多。惟得才是默默耕耘的主帥，剪剪貼貼，頃刻完成排版。如果有成績評分的話，應當歸功於他。後來惟得為《香港時報》

「七個大拇指」專欄穿針引線，有幸加入成了一份子，胡亂寫一頓，幸不辱命。這本散文集《或序或散成圖》中的〈天空咖啡座〉首兩句這樣形容自己：「口齒笨拙幾乎是我身體上的缺憾，成了社交的絆腳石。」固然是自謙。坦白說，要把七個大拇指同仁牽連起來寫專欄，口齒笨拙成不了事。這篇文章裏面，記載一段惟得和陳韻文交往的經過，卻意外地成為嘗試瞭解他的最好注腳。

惟得的記敘散文，絕對不是流水帳。《或序或散成圖》中的「散」並不「散」。寫和幾個朋友的相識、相處和交往，曲折得像小說。例如〈戰火和其他的時間〉中的阿燕，由她的幼年在越南的遭遇說起，一直到移民美國，才筆鋒一轉寫到第一次和她見面。往後是敘說兩人的或聚或散，原來已經三十多年。惟得的「或散」也許是指聚散離合。別忘記，惟得也是成功的小說家。小說的敘事手法和散文有異。明白這一點，自然懂得欣賞惟得筆下的人物，他們背後的故事。

聚散無常是必然，但看到惟得的標題「我差點兒殺了母親」，以為他要像希治閣電影，賣弄一些懸疑。事實上這是一篇深情的文章，寫和年老記憶退化的母親接觸的吉光片羽，竟然有許多感人的片刻，教人自省，隱約看到我的母親，也是這般過日子。巧合的是，前年回港兩星期，在母親家中小住。一個下午趁我低頭休息、印傭在廚房洗碗之際，母親欲親自往洗手間。腿部無力的她中途絆倒。幸好沒有傷及腰部，只是腿部骨折，從此只靠輪椅代步。原以為我在家母親可以平安無事，豈料變成愈幫愈忙。寫生死之間的微妙關係，和另一篇〈父親七十八轉〉倒相互呼應。這篇母親是配角，藉着幾段音樂和歌曲的因緣，襯托出父子之情，感覺有如舊式唱盤的唱針，不停在唱片上迴轉。我印象中擁有過的唱片，大都是七十八轉的，竟然甚少是雙親喜歡的。不復記得它們究竟放在哪裏，現在已經在記憶中煙消雲散。〈蕉．祖父〉寫祖父，〈甜蜜蜜女郎〉寫妹妹，〈小團圓〉寫弟弟，合起來就是一家數十年來家國的一幀又一幀的老照片。惟得把瑣事寫得那麼細心，把事物和人情世故洞察得那麼分明。

惟得筆下的異鄉人，經歷了一段掙扎的過程，生活慢慢就適應下來。集子中的〈異鄉人〉、〈星期日與西貝兒〉、〈下午六時半的退休〉、〈微笑罰款〉、〈手提兩個電話的婦人〉等都是惟得寫他在圖書館工作的所見所思。既有生活的觀察，也有人際關係的無奈和滄桑。與其說是異鄉生活的遭遇，倒不如說是超越了一個地域的局限，寫出了人生的多種姿態。

集子中的「序」，就是惟得寫的書話。書話並不只談作品，其實他用銳利的眼光，看清楚作品和作者之間那種微妙、若即若離的依靠。他寫淩冰，旁徵博引，把散文中的精粹抽絲剝繭，讓讀者體會更深一層的意思，「泉從沙際出——讀淩冰的《粉筆碎與口水花》」一文的尾段，引王昶的《遊珍珠泉記》中數句形容淩冰的文采，固然貼切，也帶來餘韻。為黎漢傑的詩集《四月練習》作序，也用電影來作觀照，鞭辟入裏，看詩也看人。感激惟得為我的詩集作序。他不單止寫得用心，看透我詩作的簡陋，給我當頭棒喝。

這本集子收錄在最後的篇章，就是惟得的藝術論述。惟得的閱讀廣泛，應該用多元化來形容，或許有天他會嘗試拍一齣電影來。一個展覽的展品，通過他的眼和筆，竟然活靈活現起來。我特別喜愛〈大展徐悲鴻圖〉，寫徐悲鴻的藝術，卻又寫出徐悲鴻的為人，從而勾劃了藝術和藝術家的關係。另外一篇〈放大．中國〉，寫的是香港大學舉辦瑞士攝影記者博薩特（Walter

Bosshard）捕捉三十年代中國變遷的照片和電影的展覽。理論上照片記錄現實，但惟得卻從照片中看到許多另外的訊息，令人回味。

《或序或散成圖》這個書名，是否與梁秉鈞的詩〈茶〉尾句：「或聚或散成圖」來個呼應？不用懷疑，惟得本來就是個文字魔術師。你看本集子中文章的標題，就知道他的妙筆生花，畫龍點睛，別出心裁。我的卻平凡得可以。想到大家應該捧著一杯熱茶，來細讀品嚐這本書。在茶香飄動中，你會失驚無神碰上感動的篇章，叫你愛不釋手。

緩緩，一枝筆又提起

——代序惟得《或序或散成圖》

黎漢傑

是的，還可以相信有光
自百葉簾的間隙
折射你修長的影子
緩緩，一枝筆又提起

先生好，我是圖書館職員
你想找什麼書？
不，我想你看看那部電腦
我想印東西
但它壞了
先生，圖書館規定上網
不能瀏覽色情網頁
網頁有病毒，所以運行慢了
我不知道這些，我只想知道
文件何時印好？
約了人飲茶，趕著走

小姐好，我是圖書館職員
你是想找書？
是的，我想找一本書
中文書，你知道我不懂英文
小姐，能否告訴我書名或者作者名？
我不知道，才找你問
朋友說是綠色封面
一般書大小，一般書厚薄
心理勵志，作者好像是一個醫生
如果這裏沒有
可否告訴我哪裏有

小朋友好，我是圖書館職員

你是想找……

媽媽，我找媽媽

她叫我在兒童區等

我和同學玩了半小時還不見她回來

小朋友，告訴我媽媽叫什麼名字？

等一下我叫旁邊的姐姐去找

我這裏有一本書

一起看好嗎？

以前有三隻小豬

大哥蓋了茅草屋，二哥蓋了小木屋……

我知道我知道

媽媽昨晚才和我說過
說最小的弟弟最勤勞
蓋了最最堅固的磚屋
長大了我也要努力
給爸爸媽媽還有朋友蓋所有他們喜歡的磚屋

是的，還可以相信有光
自百葉簾的間隙
折射你修長的影子
緩緩，一枝筆又提起

二〇二一年一月四日

目錄

第二輯：散脈

第三輯：鴻圖宴

第一輯：友情三序

穿（不簡）單衣的少年——《迅清詩集序》

自生活中提煉的睿智不是一朝一夕的事，除非是莫扎特，可以用早熟的流麗裝飾音敲響成長的門扉，年齡與經驗始終如手鐐腳銬，把人局限在四面圍牆裏。你似乎也感覺到，曾經這樣寫過：「除了樹的生活外／一無所有／談些甚麼／說些甚麼」（自照）。那年你十五歲，無疑寫作的範圍很少跳出校園，在多首詩裏，你流露對香港填鴨式的教育不滿，就算上課時用心聽書多做筆記，平日與考試前挑燈夜讀，未必就是成功的保證，你初嘗到生命的徒勞。然而經驗的欠缺卻由潛質補足，尋常的物事，透過你的筆尖，都活起來。譬如你懷念的一口鐘，只因為新舊需要交替，成為時代的犧牲品，從此校園喪失了一把雄渾的聲音（鐘）。你惟有坐到喜歡的樹下，遙看遠方的霧，憧憬唐朝宋朝，從愛聽的神話找回最原始的記憶（樹的生活）。凝視校園的松樹，你似乎對時間有所領悟，園中一剎那的榮耀，世上已經過數千年，四季嬗遞，甚麼也挽留不住，我們仍然要踏足向前，指望所謂的將來（松樹）。從對時間的無奈，你看得更遠，記早一年的冬遊，看到的紅樓，心中縈念的可是香港？神州變色後，青黃不接，瑟縮在南中國一塊細小的土地上，承受遊人吃賸的骨頭和廢物（紅樓——記七五年冬遊）。你自謙說「不懂得遊俠豪情」，然而你喜歡沉思，又可以把山看成海，海看成山，詩並沒有凝固在你的血液裏。像你這樣一位穿單衣的少年，並不簡單。就算是當年的情詩，年中的一首有點像玩文字遊戲（我們的桃花源），到了年底，儼然成就一幅翰墨淋漓的山水（題畫）。

晉身詩壇的第二年，你已經得獎——青年文學獎，參賽的作品是〈一九七七。城市之歌〉，你為城市譜撰輓歌，共分三個樂章：首先化身為你喜歡的樹，再想像山君臨鬧市的情景，然後站在井字形的路口，見證城市人與山雲河海脫節，一意追求價值的上昇與下降。快板與慢板交替，有過路人的咳嗽、枴杖的沉重呼吸、雨中哭泣、狹巷裏的狗吠、孩子的呼喊、飛機的驚嚎、鋼鐵的敲打樂、街車飛馳的嘈雜，豈不都是我們熟悉的聲音？你用如歌的行板，奏出不協調音，依然喜歡吟詠其中一些詩句，譬如「我的存在啊／是甚麼比死亡更接近的真理」（樹），「我身軀的冰冷是唯一的／氣候」（山），「生存也是／死亡也是／帶著／似是而非的／偶然和／茫茫的神色」（方向）。對於城市，你不是經常都嚴厲的，有時輕輕指責，帶來更多的溫柔（深夜的雨）。就看你柔情的一面，儘管你不喜歡香港的教育制度，學校在你眼中始終是一條船，載你與同窗在時間之河渡過五年，畢業開展另一個旅程，你會懷念每一個眼神（渡之六），而子夜十二時正，仍然在街道步行，讓雨洗淨一夜塵埃的人（深夜的雨），是否就是十六號室裏深夜在咖啡壺裏打滾的住客呢？（那個男子），你看這人有楓葉的臉，梵谷喜愛的于思，聽他用俄羅斯口音展示死亡和過去，似乎也沾染到一點風塵。兩首詩放在一起對照來讀可以是有趣的。你速寫一個少年，喝下想是生平第一杯酒，脹紅著臉，強辯酒不苦澀，因為失戀，說不喝酒卻又借酒消愁，並且奢言流浪（寫給年輕），我無端想起上一年你寫的〈自照〉，你是否抽身出來，冷眼看另一個自己？無論如何，我隱約聽到你的訕笑，向偽熟的青果歲月告別，邁向更廣闊的空間。

趁我們不在意，你已經寫起史詩來，初試身手，你用說書人的口吻，重塑嫦娥的神話，她的故事可以有很多版本，在你的筆下她顯得纖弱，飛往月宮，只為保存一面明鏡，卻難禁移民後的寂寞，夜夜思凡。故事哀怨，始終是一個美麗的傳説，有神話就有希望。神話的本質外，你又探索科學與神話的衝突，人們登陸月球用辯證法説明嫦娥只是一派胡言，而且透過傳媒證明自己做得對。與神話短兵相接，科學總佔上風（鏡破）。你冷眼旁觀嫦娥的下場，興起一點嘆息。屈原的軼事卻掀起你澎湃的情感。你借用羅生門的結構，從河神、風、石、詩人的角度，審視屈原投江的史跡。先是河神的角度，你探索一位詩人死後的迴響，甚至觸及自殺本身。第二章節初發的風，可也是少年的感懷？濁世中每多趨炎附勢，想要保持清高，到頭來只會理想幻滅，遭受放逐的命運。你並沒有氣餒，詩人總有他的追隨者。借一塊石，你進一步探索詩人的氣節，信心可以沉沒，人卻不隨波逐流，不受風雨侵蝕，你把詩人的精神賦予頑石，重新思索詩人的意義，在遺忘與肯定間，找尋一個新的匯合。終歸你借屈原的聲音，傳播堅持的話語（屈原投江）。如果嫦娥與屈原沒有令讀者心悦誠服，請讀另一首長詩，你反覆低喃，要從風中尋找意義，風雨之外，你想思索更多。你執著一片落葉，本來可以預測風雨的方向，只是大夥兒的無聊爭辯只令你沮喪，選擇放棄，過後又覺得可惜。當風雨在室外肆虐，人們諸多顧忌把自己關在室內，你終於領悟到生命裏的錯失，你倒沒有被過多口號化的字句迷惑，知道在真實的生活裏，面對風雨，我們也有脆弱和虛脱的時刻（風雨。一百七十二行）。你是逐漸成熟了，你再體認石的生命，儘管你想學習石的尖削，漸漸也明白到，經過生活長久的磨損，石會不由自主圓滑起來，石的憂傷也就是我們的無奈（思念。一九七八——送給十七歲和我的同學），經過一百七十二行的低迷氣候，翻過數頁，你不止推窗讓我們透氣，還開門率領我們到戶外舒伸，我們隨著一群街童在路上奔跑跳躍，揮趕瘦弱的狗、追逐蝴蝶和蜻蜓、參觀學校的操場，就算吸納工廠的廢氣，也感受到青草和溫柔的海洋。最後你還單一單眼睛，輕聲向我們洩露一個越軌的想望。老誠之外，你展露性格的另一面（遊戲），對比〈風雨〉的沉鬱，這首詩大可以改名為

〈陽光。四十六行〉。

有心追隨荷馬，你終於當起吟遊詩人。理由倒很簡單，你選擇流浪，只為找尋機會思家，尤其是來到冰天雪地，在異國的人潮中也感到冰冷，旅行時又會吃盡口糧，信心與理念就像遠方的聲援，然而故園是否只會提供春夢？帶著心、眼和熱血，你相信春天還是要到家園以外尋找（歲末兩首之波蘭）。流浪的感受，在另一次旅程中你體會得更深，流浪期間體認到的空虛，思家的一剎那才感到紮實，然而人在海外，多點活動多點見識，你又感到寫意，客居外地，似乎就在虛空與適意之間徘徊，感情也體認到創痛，惟有在雪裏見得你喜歡的樹，才稍為感覺零落的驕傲。只是真的歸家，是否就可以燙平僑居的寂寥？在三心兩意間，你並沒有找到答案（在列斯特城）。流浪時走一段遙遠的路，經歷途中遇到的人和事，似乎要在朦朧和瑣碎的人生中看出一點仔細（溪頭夜宿）。旅人與遊客的身份又有不同，遊客來去匆匆的行腳，你禁不住送上一點嘲弄，有時你的身份也會從旅人變成遊客，少不免加多一點自嘲。旅遊時遇到的雨，似乎要傳遞大自然的訊息，只是水過鴨背，大夥兒只顧嘻哈吵鬧，風景縱有真意，喧鬧中都已忘言，畢竟遊客趨赴的還是鬧市的繁華（忠烈祠看雨）。一段又一段的旅程，你終於肯定，大自然的呼號隱藏著風景的秘密，你逐漸意會到浪漫只不過是謊言，再不想耽誤在輕淺浮弱的話語裏，追隨路途的風沙，你要發掘生命更深邃的一面（開往鄭州的列車上）。

我本來就不是正統詩出身，對中國詩的平仄押韻固然模不著頭腦，西方詩講究的頭韻、抑抑揚格、半諧音更是查不到字典的外文。年輕時與友人到沙田學划艇，笨拙的雙手經過重複的訓練，居然運槳如飛，興奮後挑撥出一些詩句，居然學人寫起詩來。數年後的一個夜晚，借詩寫日間的環島旅行，完成後感覺心力交瘁，從此再提不起筆來，冥冥中那首詩就叫做〈起點。終站〉。

這些年來陸陸續續倒有看詩，卻不是教徒般虔誠地捧著詩集來讀，翻閱雜誌時，偶然看到填補空檔的詩，隨意素描，長久受到雜文的嬌縱，遇上意象稍為朦朧，立刻棄權，寧願大腦丟空生銹。今次你誠意傳送電子詩集，我坐在電腦前，倒是一頁一頁的翻，隔著熒幕，依然可以感應到你對生命敏銳的觀照，教我想得更多。眼睛疲倦，望出窗外，傾斜的花圃下停泊著一輛灰白色的貨車，對街綠樹掩映下，路燈像稻殼土包裹的鹹蛋黃，無疑公路很忙，幾乎每分鐘也有行車駛過，然而大白天有太陽照路，車頭燈又金睛火眼，在節省能源的大前提下，長明燈似乎帶點奢侈。等到晚上依然看到光的持續，我猛然醒悟，一天二十四小時，路燈從慘白轉向昏黃的循環，其實象徵時間本身。我忽地想起理察史特勞斯歌劇《玫瑰騎士》的幾句唱詞：「光陰真是一件微妙的事/當一個人滿不在乎地過活，它並不意味著甚麼/倏忽間，除了它/心裏再無其他掛慮。」從香港移居到灣區，輾轉飄泊多倫多，塵埃落定溫哥華，我隨身攜帶著一些書箱，書本都整齊地排列在書架上，紙筆依然原封未動，那一天心情亮麗，且讓我翻箱倒櫃尋回寫詩的一支筆。

二〇一四年六月二十日完稿於北溫小屋

泉從沙際出——讀凌冰的《粉筆碎與口水花》

原來凌冰在翻譯方面頗有造詣，年頭拜讀他的〈筆記進化史〉，提到一種西為中用的教學方式，原文喚作 Chalk and talk。眾所周知，Chalk 是粉筆，凌冰加上一個「碎」字，已經畫龍點睛。捧著字典當寶物，可以直腸直肚把 talk 譯成「交談」，「粉筆與交談」，倒像錢鍾書在《圍城》提到的一道菜：「魚像海軍陸戰隊，已登陸了好幾天。」凌冰把 talk 翻譯成「口水花」，碟上翻著白眼的魚也會跳躍幾下。這樣說時似乎有點低估淩冰的才情，根本他對文字敏感，隨便抽出他的文章欣賞，譬如〈邊界〉，劈頭第一句：「粉筆生涯原是夢」，緊接著的七句幾乎像擁著開頭的七個字跳狐步，還會從舞伴的髮鬢摸出一朵花，惟有讚嘆他真是文字魔術師。

縱使可以把文字駕馭得像魔笛下的眼鏡蛇，倘若心靈的光只是燭照自己，或是追隨一日和尚按本子敲鐘，美言充其量是賣口乖，淩冰肯定不是這樣。回頭說〈邊界〉。上卷的第一篇，開宗明義他就表白自己的心態，粗看還以為他怨聲載道，細讀才佩服他敬業樂業的精神，如果工作態度不認真，也不會把千百種責任像黃袍加身了。快速翻到上卷最後一篇〈不會有座位是空的〉，他功成身退，並不介意把坐得滾燙的座位讓給後輩，畢竟歲月嬗遞，他不過仿效庖丁解牛順應天理，一句「世間沒有不可替代的角色」，對生人霸死地的超齡員工更是當頭棒喝，我們又感到他對生命的泰然。

粉筆生涯既是夢，黑甜鄉裏自然也有夢魘，珍甘比茵的《與天使同桌》（An Angel at my Table）裏，紐西蘭女作家珍納芬執筆之前，就想過執教鞭，然而她可以與天使同桌，卻不可以與視學官同處教室，一日他們到來監察，她手拈的粉筆頭比鉛還重，再三猶豫，終於敵不過心怯，藉詞急步離場，從此絕跡校園。凌冰倒不見得有這樣極端的經驗，他卻兩度提到，初進課室，揮汗如雨，「其中一兩顆還滴到一個學生的桌上」，女學生遞來的紙巾無疑是鎮靜劑，安撫一顆慌亂的心。等到他建立自信，也有過英雄的時刻，他就曾經說服學校高層，取消一位教師一星期要教四班中國語文的苦差，他依然坦承面對「軟弱時的自己」。閃念更可以像塵埃般飛舞，太座一張玉照放到教員室座位的案頭，正好有鎮壓的功效。學校是社會的縮影，自然充滿不合理的規條，有時候無可奈何充當幫兇，凌冰自覺羞慚。教學有如人生，自有煩瑣的時刻，正如錢鍾書，他把改卷比作洗髒衣服、把攜帶學生作業比作運磚、監考的姿勢原來是抗拒睡魔，難得淩冰文筆佻皮，瑣事經過他的筆潤，都變成趣事。珍納芬教學生涯粉碎，倒圓了作家夢，三十多年後淩冰卸去教職，可以後來居上。佻皮並不等於輕佻，他對學生依然非常著意，〈燕歸來〉一篇，對於重回母校尋找忠告的舊生，他總覺得有心無力，只好借出一雙耳朵，有時候做個播客聽眾已經足夠。〈心懷六甲〉一文更使人動容，本來記述教室的趣聞，忽然變成一封家書，寫給行將畢業的六甲班女學生，珍惜大家相識的緣份，見她們上路，像慈父般再三叮嚀，要找淩冰對教學的誠意，這一篇就是鐵證。

編書當然不需要固定模式，上卷三十二篇，日期不分先後，編排更似追隨心之所至。下卷三十篇，除了〈熱氣球上的哭聲〉脱軌，基本上順應寫作時序，我們彷彿翻閱一本日記，追蹤淩冰二〇一三年一月到二〇一五年八月的思緒。他用〈懷念也斯。以翻閱他的作品〉打頭陣，固然追思亦師亦友，聽説淩冰拿起粉筆後便放下文筆，也斯辭世，倒喚醒他重新寫作的意願，焚燬玉樹，讓火鳳凰重生，讀來不免一點感慨。應該怎樣描繪凌冰課室外面的生活隨筆呢？「幽默，撲拙」四字立刻浮現腦海，還有，「生活的印刻，真切而現實，傾斜的感覺得以平衡。」如果覺得這幾句話熟口熟面，猜得對，正是他對於村上春樹的評價，源自〈小確幸〉，凌冰繼續寫：「生活中總有困倦，失意的時候，但也總會遇到『小確幸』」。品賞凌冰的《粉筆碎與口水花》，正是讀者的「小確幸」。他的才情豈止於此？或者夏蟲不可以語凌冰，凌冰卻可以細語夏蟲，把昆蟲記作家珍之後，他還上窮碧落下黃泉，與飛蟲翱翔在詩畫天地，大開我們的眼界。另一篇〈關於沙，其實我要說的是……〉，亞歷山大大帝一句凌冰始創的戲言，觸發他的靈思，瀏覽十多部與沙有關的文學與電影，盡顯他博覽群書的一面。自然不是讀書不求甚解，一篇〈墮入紅樓夢境中〉，我們又領略到他怎樣精讀一本名著。

壓軸的〈登陸〉，凌冰說：「回顧登陸前六十年的歲月，還是平平凡凡，無風無浪的時候居多……」或許他確是「凡夫俗子」，然而他心懷家國，文集也就有動人的一面。兩次寫〈父親〉，他都剖白自己對父親愛恨交纏的心態，先是志趣不相投，加上後來政見分歧，兩父子有如歡喜冤家，淩冰娓娓而談，甜笑中不忘一點啞咽。兩篇文章相隔三十四年，也可以見證淩冰的成長，無論是文章結構還是父子相處，他已學會「四兩撥千斤」的竅門。再讀〈墮入紅樓夢境中〉，短短一段提及亡母，又見他親情的深邃。到了〈冷冷的雨。暖暖的聚會〉，他連名帶姓親切地呼喚多位大拇指文友，讀時名副其實置身「大拇指之家」。推己及人，〈猿猶如此〉裏，母親節令他念及天安門母親，又向學生挖掘「遺棄在歷史廢墟中的故事」，讀到一位母親夢及「六四」中罹難的兒子，更止不住眼角逃逸的一滴淚。柏林圍牆倒塌二十五週年，淩冰見民主之花，只開在外國的土壤，更是擲筆輕嘆。「我們想要的，不過是沒有經過篩選的提名權和選舉權吧了。」淩冰在〈高牆終有倒下時〉為民請願，一如〈兩張小摺凳〉的主角，「張開小摺凳，也敞開良知。」就是這麼簡單。

偶讀清朝文士王昶的《遊珍珠泉記》，當中有這樣的幾句：「……依欄矚之，泉從沙際出，忽聚忽散，忽斷忽續，忽急忽緩。日映之，大者為珠，小者為璣，皆自底以達於面，瑟瑟然，纍纍然……」，寫的是濟南府治的珍珠泉，「勞駕」一聲借過來形容凌冰的文采，又有何不可？凌冰的口水花是珍珠泉，至於粉筆碎，太陽底下也泛著金沙光。

二〇一六年五月十五日完稿於北溫小屋

二樓傳來四月練習聲

寫詩可以是很危險的一項活動，是萊．安德遜（Roy Andersson）先說的。《二樓傳來的歌聲》（Song from the Second Floor）裏，算是主角的胖子就經常向人抱怨，自己的大兒子喜歡寫詩，寫得發了痴，讀安德遜在銀幕下發表的言論，似乎也有這個意圖：「電影——與藝術——應該做到的，是把生命與生存狀態呈現得更加清晰透明，讓大家更加清楚明白。我深信西方社會的生活方式禁止個人發掘自己的潛能，我們都浮游在成長期間學來的荒謬價值觀和祖傳遺訓，或者我們應該接受現實，是我們自己一手製造這個濃得化不開的困境，看《二樓傳來的歌聲》，你應該得到這個概念，自覺行為愚蠢，當你覺察，你就真的看到自己。」詩既然是藝術的一環，也像可以接目的顯微鏡，探入事情的核心，展露肉眼疏於防範的人事。算是以其人之道還治其人之身，胖子的二兒子到醫院探望大哥，朗誦大哥寫的詩句，起初大哥背對鏡頭，紋風不動，似乎刀槍不入。二兒子再接再勵，坐在病牀旁吟詠，大哥終於仆倒在牀，痛哭流涕。詩句千錘百煉，是文字的精華，既然詩人挖空心思，腹裏的話可能意想不到，聽在有心人的耳裏，未必是清風拂面，更像明鏡反照讀詩人的嘴臉，效果不一定賞心悅目，驚詫之餘，心弦倒著實給詩人敲響一下，無論寫詩或是讀詩，都是一次冒險。

黎漢傑辛勤出版第二本詩集《四月練習》，我絮絮不休說安德遜，當然不是把他和胖子的大兒子相比，而是覺得他與安得遜的風格有點相近，兩種媒體或者不會駐足長談，也有點頭招呼的時刻。安德遜的電影直斥西方社會固步自封，弱勢族群受到強權階級欺壓，找不到出路，處境堪虞前途黯淡，他刻意經營一些荒謬的故事，暴露世界的瘋狂。黎漢傑的東方社會也不遑多讓，好幾首詩譬如〈他與她〉、〈那個小孩〉、〈貓老師〉、〈旁觀〉和〈春天來了〉，小朋友在成年人自之為是的教誨下掙扎成長，迷失自我，雖然不致趨向瘋狂，都帶一點病態。輕則感到壓抑，重則從「透唔到氣」到「覺得好怕」，上書店如入診所。沉痾的社會令我想起黎漢傑另一首詩〈診症〉。他在第一本詩集《漁父》收錄一首詩〈惠州行——記一位中國導遊〉，冷眼看自圓其說可以去到那個地步，主題嚴肅，詩句卻俏皮，忍俊不禁之後只好搖頭嘆息。新詩集的〈診症〉，詩句更是簡約，卻都觸到痛癢，兩個不學無術的人當上專家被推到服務大眾的前線，令人不寒而慄。詩中流露一股冷面幽默，又與安德遜的電影不謀而合。黎漢傑的視野並不限於家庭，〈小丑鐘〉呈現百貨公司的眾生相、〈清水寺印象〉掃視誰也不起勁的旅遊景點，翻閱兩張〈故宮明信片〉，駕臨金鑾殿的不再是龍袍而是人龍、應該服務群眾的大水缸與公廁像爭寵的六宮粉黛。再讀〈福音〉，來來去去重複幾句似是而非的道理，黎漢傑眼中的世界，帶點啟示錄的精神錯亂。在這一系列「黑色喜劇」式的詩作裏，我對〈黃色〉份外好奇。

就如黎漢傑很多詩作，〈黃色〉結構看來簡單，其實蘊蓄份量，讀來像唱童謠，卻是從正反兩面思索一些意識形態。衣食住行方面，詩句特別強調「食」和「行」，在「食」的大前提下，又囊括「飲食、食色、食物」，都是日常生活不顯眼的水點，匯聚成一條河，末段最惹人注目：

他們說有黃色的地方就是危險

因為他們習慣了服從警告的招牌
忘記了下雨的日子保護他們的一把傘

收筆的一句可圈可點，黎漢傑突然伸出手指，輕觸傘柄的尖。在〈香港〉這首詩裏，他曾經表明心跡：「這個題目/我從來不寫」，果然身體力行，只在〈去看那家書店〉稍為破例，也許黎漢傑服膺柯慈（J.M. Coetzee）在《夏日時光》（Summertime）裏的兩句話，認為這個題目「帶出人們內裏最壞的元素，也把社會裏最壞的典型帶到表層」。然而他出其不意輕撐這個題目，卻像一道閃光突然照亮我們的心靈。無論對環境怎樣嘻笑怒罵，總有一點情操值得肯定，黎漢傑很少提到，並不等於遺忘。

也不是只懂得嘲弄，黎漢傑對自己就有很嚴格的要求，一系列自剖的詩，佔據集裏最多的篇幅，他用護士的熟練手法，為自己拍幾幀 X 光照片，再站在醫生的角度，趁著燈影撿視攝影的後果。〈要是你來了〉和〈等待〉都是這方面的傑作。用「熟練」這兩個字可能值得商榷，黎漢傑多番自省，總是覺得自己不熟練，可以是指生活的技巧（攝影術）、對環境的不適應（那一杯茶）、感覺溝通的困難（汞）、對未知與未來的恐懼（冰塊）、與過去又不能承接（撿拾）。〈答問〉一詩幾句，可以說是他的自畫像：「我望著手機，影子／在熒幕的反光中／擦來擦去／還是有一點乾」，在〈流光〉裏，他更用不變的風景不變的教學方式，對比自己漸禿的頭，驚嘆時光流逝。然而，當我們下意識向自己或其他人解釋行徑，對我們的動機也未必從實招來，不是因為我們故意說謊，而是當我們企圖用言語或者詩句把自己的行藏合理化，反為掩蓋了真正的原因。

佛洛伊德（Sigmund Freud）在《夢的解析》（Interpretation of Dreams）裏說過：「夢是通往潛意識的康莊大道。」無巧不成書，《四月練習》裏就有好幾首詩與夢有關。當然，夢也可以有多種形態，譬如〈雨一直下〉：「有些夢/就這樣/擦肩而過/以自由落體的速度」；在〈我的書桌〉，夢又是另一種姿勢：「當我寫詩的時候……飛來擾夢的蝴蝶」；又可以是〈逃〉的噩夢：「有光持續逆流扶手/那金屬銲接的/指示我命運的方向/一觸及/即有靜電灼傷手指」；更有〈橋〉介於惡夢與好夢之間，醒來更糟。〈橋〉是黎漢傑對自己最苛刻的一首詩，回應我開頭說過，寫詩帶有危險與冒險的成份。捉摸夢的詭異氣氛，〈夢的隧道〉最成功，為免失真，容我依詩直說，讓讀者自己體悟：

不知多久
穿過車流的黑影
看見隧道的出口
我伸出頭，張望下一站

但不——
司機說
所有的光已往回走
請落車

通常黎漢傑的夢與魘只限於個人的困擾，突然一首〈去看那家書店〉，把視野擴闊到一個城市的堅持與恐懼，令人刮目相看。開頭那「孤立的霓虹」已經表達一份抱負，然後筆鋒仰天俯察濕漉漉的街頭：「外面滂沱的夜雨／不知下了多少天」，轉入書店下「僻靜的樓梯」，倒像是航進避風塘，拾級而上，「牆上的字」依然宣佈一個污染的環境，然而

那深鎖的鐵閘

佈滿煙與灰的地板
仍有一堆紙片散落
指望誰冒名認領

在禁閉的處境裏，仍然有一線夢想與期待，外面的現實顯得無助而遙遠

樓下傳來傳去的
擴音後的口號與吶喊
所有有關正義的問題
「到最後
我們只能離開」

最可怖的是，分明睜開眼睛，卻有一個揮不去的夢魘

黑暗的轉彎處
突然闖入
一雙銳利的目光
近距離
上下到左右
偷窺著

黎漢傑並沒有說明那家書店的名字，詩寫於二〇一六年四月，還不到半年前，一家書店的股東與員工遽然失蹤，只因為他們通常有碗話碗有碟話碟，一切呼之欲出。

除非是涼血動物，人文關懷總奔流在每個人的血液，無論黎漢傑怎樣否認，譬如在〈汞〉裏說他的手反對「另一雙手的觸覺」，他依然以詩代手，把觸角伸延，感受身邊眼底的人和事。〈那天回來以後〉和〈水龍頭〉，他把關注投落剛退休的父親；〈藍叔〉通過電話，感覺老前輩唱罷詩歌，與貧寒光景角力。猶記得在〈香港〉裏，他細訴自己的詩風，有這樣的幾句：「……只寫長長的假日／自己推著輪椅／等天光天黑的老人……」〈她的世界〉的主人翁，就是這樣的一個人物；落泊孤單，更隱隱見於〈魚蛋檔〉的老婆婆、〈隧道〉的外傭、甚至〈四月練習〉裏對「我」來說很出名的一個人。深情之外，黎漢傑不經意就流露他的技巧。譬如在〈媽媽〉裏，收筆的一句：「最終都沒有把你好好的寫出來」，似是道歉，卻是他的「詭辯」，早在之前的二十八行詩，他已經仔細地把母親勾畫出來。又如〈知死〉，與小女孩探討生死的問題，深入淺出，全詩用廣東話模擬小女孩的口吻，精警中又充滿愛憐。

詩與文學始終是黎漢傑的摯愛，書店更是他流連忘返的旅遊勝地，結合兩種嗜好譜就的〈書店的背影〉，看得人最稱意。側寫一位文壇前輩，與黎漢傑有過一段淵源，（出沒在學生之間／透露教員室的笑話／用粉筆玩教科書苦悶的字），文壇前輩卻是一付文人慣有的淡泊消遙的個性，（你之前寫的幾本書還在，就在／你看都沒看的左上角），兩人在書店偶遇，完全沒有交談，黎漢傑已經謹記他的教誨，（我記得你喜歡杜甫，每年都讀一次／昨日這裏才來了新的杜甫全集新注），恩承雨露，（看你翻開的手掌／仍然那麼厚實／它還會在年輕人背上／適應地鼓勵然後適當地離去嗎？）黎漢傑想到接棒與承傳，也是理所當然的事：

你一邊哼歌，流連每一個書架
光線斜斜的從窗户射進來

如流水，滑過你的衣衫
然後向我蕩過來
在那套他盼了多年的書前，不動

如果黎漢傑在這裏擱筆，詩意已經完整，多加一段，更是餘音裊裊：

你會不會就是他？
我走到書店旁的電車站
就像無數候車的乘客
聽著遠處傳來
他寫過說非常愛聽的
路軌上咿咿呀呀的奏鳴

伯母讀罷黎漢傑的詩，有這樣的評價：「究竟這首那首想講甚麼／為甚麼每個認識的字你寫來就不認識了」。重新想起安德遜的《二樓傳來的歌聲》，看畢全片，只記得地鐵裏一群乘客引吭，印象中並沒有人在二樓高歌，安德遜想要表達的是一種感覺——站在樓下，隱約聽到有人在二樓哼唱的感覺，黎漢傑的詩集值得我們再三翻閱，也因為這份感覺，這麼遠，那麼近。

二〇一七年一月十八日完稿於北溫小屋

第二輯：散脈

蕉・祖父

我應該説些其他事，我對水果本來沒有多大興趣，然而祖父與我的衝突，分明與香蕉有關。要是我在假日沒有敞開雪櫃的水果格，一切便不會發生，我偏要無聊得像在尋找甚麼，一無所獲又會流露輕微的落空感，看在祖父眼裏居然煞有介事，有一天他終於整裝外出，回來時手裏挽著一束香蕉。

近幾年祖父很少上街，年齡增長，他謝絕所有應酬，而我居然沒有為祖父突然的行為感覺詫異，祖父卻若無其事地把一根香蕉放到我的手裏，悠然又摘下另一根，我連忙去掉香蕉皮，存心與他呼應，這種狀態維持並不太久，我漸漸感到香蕉的負累。每當祖父再買香蕉回來，飯後我總覺得備受監視，有時候我故意躲進房裏，冷不提防祖父靜寂無聲出現在我身邊，柔聲地問：「吃過香蕉了嗎？」我正攤開紙張，為一段精彩的構思興奮，驀然靈感都被擾亂，我只想拗折家裏所有的香蕉。我還覺得祖父想用香蕉來籠絡，我是血氣方剛的年輕人，總不成每個假日我都屈在家裏，我也需要到光線下曝曬，然而，每次我準備出去，祖父就在旁邊呢喃：「別太夜歸，治安不好啊！」「早些回來吧！睡眠充足才夠精神應付工作。」「晚上回來吃飯嗎？一會兒我去買香蕉。」

我知道假日家裏份外寧靜，祖父是惟一不找節目的人，在飯桌上傳遞一束香蕉已經讓他滿足，只是我再不能被屋限制，我不樂意透過防盜眼窺探外面的聲音，祖父並不明白。

有一晚，我趕赴友人的約會，放下碗筷幾乎衝出家門，我仍然要在升降機前等待，祖父忽然走出來，遞給我一根香蕉，我發覺半邊香蕉已經爛熟了，我還是吃下完美的一部份，那些日子我一直消化不良，那根香蕉居然使我舒暢。

前夜我在鋪牀睡覺，祖父忽然提著一束香蕉進來，默默地放在我的書桌上，那夜我睡得不好，總在看見祖父忙碌，一忽兒整理我的剪報，下一刻又垂下窗簾，替我遮擋稿紙上的強光，遲歸的夜晚他為我炒熱飯菜，匆忙的早晨他已經沖好牛奶，這些都是真實的時刻嗎？我忽然感覺祖父輕聲呼喚，連忙睜開眼睛，夜正深沉，我知道自己不是做夢，只是向來對生活裏的細節毫不在意。

家人還未睡去，光線透過窗框進來，映照香蕉的輪廓，香蕉已經成熟，不再金黃而是呈現黑點，屈曲的身體觸著冷硬的玻璃，我想起祖父的一雙手。

原載《香港時報》「咖啡座專欄」一九八一年十一月一日

父親七十八轉

初戀可以刻骨銘記，因為第一印象烙印在心，煙消魂未散。要說的不是人而是歌。大家追溯兒時最喜愛的歌曲，不離母親在耳際呢喃的催眠曲，我最熟悉的兒歌卻是吳鶯音的〈聽我細訴〉和佩妮的〈良夜不能留〉，收錄在父親珍藏的一張黑膠唱片，七十八轉，只有面盤般大，煞有介事蘊藏嚦嚦鶯聲，轉不到五分鐘，唱針已經鳴金收兵。今時今日透過時間的望遠鏡回眸，更覺匪夷所思，吳鶯音不是響噹噹的名字嗎？為甚麼肯屈就與另一個名字平起平坐？論理當時還未盛行翻版，唱片公司有本領遊說兩位歌星背貼背毗鄰而居，真是功德無量。小時候我心無旁騖聽歌，還以為向聽眾說心事，與在良夜如泣如訴的是同一人，可能因為父親聽過一面，習慣翻到另一面，後來當然分辨出吳鶯音獨具一格的鼻音，然而歌曲在記憶劃下紋路，有時候父親聽過一面便關掉唱機，我總有所牽掛，彷彿還有一樁心事未曾了結。

任兒童怎樣踮起腳尖，企圖窺伺成人世界，看到的也只是巍峨黑塔的底層。父親熱衷時代曲，為甚麼只收購一張唱片？始終是一個謎，數度搬家，唱片也神秘失蹤。長大後問父親，他甚至不記得曾經擁有。當時電臺流行點唱節目，陸續為我介紹吳鶯音其他歌曲，佩妮卻是獨沽一味，在父親心目中，漸漸被周璇取代。印象特別深刻是〈天涯歌女〉，歌曲固然動聽，最難忘父親伴唱，不用說當時我對歌劇的男高音用假聲完全外行，忽然聽見父親的嗓子吊高八度，很是錯愕。那晚我們一家人圍坐在圓桌吃飯後果，父親慣常的任務是剝橙皮，聽見電臺播放這首歌，頓時搖頭擺腦口中唸唸有詞，母親坐在他身旁接過橙肉吃，微笑不語，我總算領教歌迷的真面目。父親聲線沙啞，又沒有受過聲學訓練，和周璇一唱一和，經常跟不上節拍，牽引歌詞像拉牛上樹，可笑復可愛。坦白說，親愛的，父親平日奉公守法，頗為嚴峻，伴唱時代曲卻卸下武裝，露出岌岌可危的慈父形象。

童年的音樂世界小而自足，我對音樂一竅不通，得到父親提點，照單全收，從此不離不棄。長大後發覺花花世界更多靡靡之音，有一段時間趕時髦聽歐西流行曲，附庸風雅的歲月，又學聽古典音樂和上海越劇，當然不忘廣東大戲，時代曲逐漸在我生活淡出，後來到美國升學，只偶爾在唐人街聽到時代曲，更沒有著意尋找。情緣暫告一個段落，轉了一個彎又來纏我。一位好友要到香港大展拳腳，把三藩市的書信雜物寄存我家，後來決定移居巴黎，更視紙箱裏的物事為身外物，他謙遜地說託孤，我收養過來卻發覺一個個冰雪聰明，把唱片從紙箱排到架上，發覺周璇和吳鶯音混在其中，抱著懷舊的心情，姑且把唱片放到唱盤，經過歲月的風塵，與我竟是一拍即合。周璇對團圓美滿的憧憬，吳鶯音陶醉在風華裏依然透著唏嘘，每令我感同身受。旅居外國，父親與我時有通訊，我向父親報告新發現，還想把唱片攜回香港給他過目，他回信時淡然置之，只說新一輩聽舊歌實屬難得，只是人生在世，目光應該向前，追隨大眾的步伐，經常回顧，只會落後十萬八千里。他也不是完全摒棄時代曲，最新的觀察是：五十歲左右的女歌星唱舊歌最動聽。伴唱周璇的父親已經不知去向，取代的是一個適應市場的生意人。透過家書，父親對我時有訓示，雖然他不在跟前，我展讀在手還是必恭必敬。今次家書照常寫在貿易公司的信紙，驀然發覺紙質單薄到近乎透明的程度，拿在手中，完全感覺不到重量。

轉眼又到了回港省親的時刻，我風塵僕僕從機場趕回家，喜與母親團聚，父親卻出了門，說是到圖書館借唱片，父親退休之後，生活如一杯白開水，度日如年。近日弟弟為他添置手提唱機，陪他到圖書館申請借書證，白開水加幾滴汽水色素。兩小時後，父親才氣急敗壞地回家，提著回收袋，盛載新借得的唱片，他得意地向我炫耀三張借書證，彷彿左擁右抱的齊人，說不盡的豔福。然而人到了一個年紀，始終要面對現實，唱片封底的蠅頭小字就超越父親的視力範圍，回收袋有一副放大鏡充當引路的視犬。家人都不喜歡聽時代曲，見我回來，有如尋回失散多年的良朋，興致勃勃地把手提唱機從卧室搬到客廳，挑了一張唱片播放，一位我以為已經絕跡歌壇的淚盈歌后唱〈秋水伊人〉，呼天搶地，龔秋霞淒怨的演繹，變成聲帶玩雜耍猴戲，父親盛讚這是充滿感情的演繹，如果感情需要眼淚鼻涕表達，我寧願當老僧入定。

父親八十多歲，精神尚佳，方向感極為強烈，給他一個地址，在橫街窄巷打了兩個轉，居然摸對了門路。我是個容易迷途的人，跟隨他這匹識途老馬，萬無一失，他卻可能不喜歡這個稱呼，近日他最避諱一個「老」字，本來用頭蠟把白髮膠得貼貼服服，聽髮型屋老闆娘的訓示，剪了一個平頭，看來年輕了好幾年。以前上班，總是制服般的純白襯衫灰西褲，退休後襯衫上反為多了柳條花紋，嬰兒學步，似乎想與時代同步並進。他一邊吃蛋卷，一邊搖頭擺腦在手提唱機旁聽舊歌新唱，我忽然感覺到他的張惶，背棄久仰的周璇與吳鶯音，可能就是害怕旁人把他和「古老石山」連成一線。

父親相信自己的精力比實際年齡充沛，事實擺在眼前，有時候他難免屈服。一天母親身體微恙，我需要陪伴她到私家診所求醫，母親記憶衰退，平時由父親提醒服藥，我向父親索取母親的藥方，他像盲頭烏蠅在客廳睡房團團轉，好一會才找到，已經筋疲力盡，躺到牀上休憩，我陪母親看病回家，他還未起牀，張著嘴巴睡覺，夕陽映照他憔悴的臉，這一刻他再不能隱瞞年齡了。

我為他關上百葉窗簾，旁邊的唱機像哼催眠曲哄他入睡，心有餘力不足，轉到一處，遇上阻滯，重複著不肯前進，我從唱機拔出唱片一看，竟是吳鶯音的〈明月千里寄相思〉，一塊蛋卷屑黏在唱片的紋路，我撿來紙巾抹乾淨，唱片又繼續轉下去，唱到地老天荒。

原載《大頭菜文藝月刊》二〇一六年八月總第十二期

我差點兒殺了母親

無端夢見母親，枯乾的手夾在我的指間微感冰涼，把搭在她肩膊的毛衣拉緊，她茫然回望，游離的眼神帶點避忌，我已經被遺忘，她挨身過來，只因為我剛巧坐在她的身旁，算是有個依傍。

說起來，我已經很久沒有和母親這樣親暱。農曆二月，妹妹來電，問我可有打長途電話回港向母親祝壽，我啞口無言，好日子已經自記憶抹殺，妹妹遠在多倫多看不到，我握著話筒，臉紅耳赤。自從移居溫哥華，每年我總發起向母親祝壽，有空便回港陪她共渡良辰，因為公事走不開，剛過了農曆年已經準備賀卡賀禮。一到吉日，領先打電話說生辰快樂。曾幾何時，我已經不再掛牽。前兩年姑且打電話回去，報上名字，並沒有在母親的意識留下檔案，只聽得她在話筒那邊，蛻變為錄音機，一遍又一遍地重複同樣的胡言亂語，我按捺性子問候她的近況，卻把她嚇壞，慌忙把話筒交給菲傭。母親送來一客閉門羹，我的心冷了半截，再也提不起勁打電話回家。當然以前並非這樣，長途電話之外還會信來信往，她停筆不能再寫後，兩人的感情便走下坡，我不是責怪母親，罪在自己，親情原來可以這樣討價還價。子女之中，妹妹不是母親至愛，到時到候，她依然虔誠地打電話回家問候，向她拜年，敬祝母親節快樂，就算不能與母親直接閒聊，即管向菲傭查詢母親的起居飲食。我連這步也沒有走，菲傭的英語夾雜著他加祿語，彷彿收聽電臺的新聞報告時遇上大氣層的靜電干擾，每令我頭昏腦漲。

復活節後回家一趟，母親的神智依然沒有起色，不止記憶力衰退，而且舉步維艱。弟弟說她偏食，近日只愛吃流質的東西，有時候偷偷把魚片滲進粥裏，經過母親的嘴，立刻便吐，更不敢帶她到茶樓，上落要坐輪椅也不方便。以前菲傭在週日會帶母親到公園曬太陽，近來若要活動，就到大廈四樓的平臺兜一個圈。回來後第二天，菲傭扭開電視，母親拍掌吊嗓子，我擔心她會喊到聲嘶力竭，即管引她到四樓，她果然沉默下來，走不了兩步，已經開始氣喘，我把她安置在石凳上，她抱怨陽光兜口兜臉瀉下來，換一個陰涼的角落，又說多風，外面的光色已經令她眩惑，寧願躲進搪瓷造的硬殼自說自話，我沮喪地牽她回家，母子坐在沙發，相對無言。

睿智可以在日常生活開花結果，妹妹透過話筒提供一點心得，打破了母親和我之間的殭局。數月前外甥女回港，帶來飛機上的撲克牌，和母親玩排遺時光，母親居然津津有味。記得母親年輕時喜歡在賭場流連，吃角子機吞去我袋中的硬幣，轉頭她已經在賭場另一邊的牌桌贏回來，賭運追隨著她，到老不離不棄。我撿來外甥女留下的撲克牌，坐到母親身畔，抽出其中一張，請她記認，她舉到鼻子嗅了一嗅，很快便叫出一個數目字，再試幾張，她也沒有出錯。儘管醫生說母親患上認知障礙症，我把散亂的牌張交到她的手中，都能順著次序排列起來。她一向有條理，家裏的衣物與廚具各就各位，現在再不需要這樣仔細，依然習慣成自然。我試著放幾張紙牌到她手中，請她把數目字加起來，她亦能準確地說出答案。寫著帝黃的一張紙牌沒有數字，卻有一張俏臉，母親愛不釋手，把紙牌湊到嘴邊，響亮地吻了一下，她還是一位風流的姐兒哩。有時候我把相同數字的四、五張紅黑紙牌遞過去，她睜大眼睛，驚喜地說：「這麼湊巧，真是幸運。」平日母親呆坐家中，目無表情，這時執著紙牌，笑逐顏開。這些年頭我活得不耐煩，心裏有所想望，總覺得不能舒伸，偶然遇到奇跡，又嫌稀罕，坐在角落裏生悶氣。母親可以為著幾張簡單的紙牌眉開眼笑，隱隱向我傳授一點禪機。

母親與我暫棲在同一屋簷下，分房而睡，視同陌路。玩過紙牌遊戲的第二天，母親忽然摸索著走進我的房間問：「現在怎麼樣呢？」

星期天菲傭休假，弟弟約我到茶樓午膳，留下母親一人在家。我心有不忍，提議攜她同往，弟弟面有難色，我發揮大哥的威儀，他勉強應允，兩人合力把母親運到輪椅，一路推到茶樓，卻不知道怎樣料理她的膳食，姑且喚了兩款叉燒包。點心到來，我把叉燒包一分為四，遞給母親，然後金睛火眼盯著她，提防她隨時唾棄，一個包兩個包，她又溫婉地吃光，還用舌頭舔一舔嘴唇。食量依然極少，總算起步，有時候就是要踏出這第一步。

一晚家人圍桌吃飯，母親先吃光麥片，坐著無聊，沒事找事做，她的睡衣左袋藏著一疊紙巾，她掏出一張，端詳了一會，在眼睛印了一印，放到右袋，一張復一張，她幸勤地搬運紙巾，像總司令大檢閱，我愛憐地看著她，弟弟已經噴飯。忽然想起六年前的一個早晨，我剛從溫哥華乘飛機回來，當時母親頭腦依然清醒，在家無事可做，嚷著要上街，我牽著她的手乘電車到大會堂購票看粵劇，低座燈光陰暗，我從光亮的花園進去，又受時差煎熬，不為意平地突出兩級石階，空踢一腳，人向後翻，母親全心依靠我，沒料到我會跌倒，也隨著我摔下來，整個人向後倒，如果她的後腦撞到硬地板，母子情緣到此為止。我平時反應慢了半拍，生死存亡的一剎那，卻想到用手臂承接她下墮的頭，結果安然枕在空氣中。近年回家，聽得母親午夜醒來，躺在牀上自說自話，又起牀在客廳裏摸黑，彷彿在人間地獄尋找出路，竟有點後悔在大會堂把她扯出鬼門關。這時她忽然從紙巾裏摸出一張紙牌，歡喜地舉到燈下看，我又慶幸自己當時伸出援手。沙漠裏有苔蘚，可以乾枯缺水百多年，偶然恩澤雨露，卻又舒伸開放。

原載《大頭菜文藝月刊》二〇一八年七月總第三十五期

月照泉臺靜

生活並非戲劇，不能調校到一分一秒的準確，然而母親在香港彌留的時刻，我在溫哥華前一夜突感肚子不適，排泄又不暢順，坐在廁板上折騰了好一會，出生本來喜悅，遇上病痛，只感覺做人的辛苦，操勞過後折返牀上休息，翻兩個身肚子又再絞痛，如廁後還要服藥片，勉強算是鎮壓。老之將至，對飲食已經份外慎重，臨睡前也少吃雪糕，只是晚餐時吃了一客油淋淋的牛扒，這就出了事。母親是不吃牛肉的，說小時候在鄉間看見牛被拉去屠宰場前眼睛滾著大顆的淚，死的淒厲動了她的惻隱，以後一碟牛肉擺在面前，她總聞到腥膻味。我長居都市遠離屠宰場，倒少了一份牽掛，然而腸胃愈來愈抗拒牛肉，看來不久也要步母親的後塵。睡得不好，翌晨醒來時只感到頭痛，賴在牀上想多睡一會，電話突然響起，是弟弟從香港打來的急電，還未拿起聽筒，我已經接收到惡耗。

到美國唸書時，每次在機場與母親分手，總哭得像個淚人，在黝黑的機艙裏猛然驚醒，心頭一陣恐慌，驚怕與母親再無團圓的機會。這一刻我握著電話筒，聽弟弟說飛車趕到醫院送終，海外的線路受到靜電干擾，弟弟的聲音似有若無，彷彿不真實的感召，弟弟似乎也覺得我的聲音若斷若續，不斷「喂喂」地傳呼，以為我已經泣不成聲，其實我的眼睛是乾的。收線後我如常往圖書館工作，也沒有向讀者展露愁容。自從母親患上認知障礙症，起初把弟弟與我混為一人，然後眼瞪瞪地看著我，當我是白日的陰影，我已感覺她離我遠去。遷到安老院後，我去探望，最初她還會牽著我的手痴笑，逐漸呆坐在輪椅上，長日如年。最近一年她索性閉上眼睛，餵伺時她也是側著頭似在打盹，只在稀米粥沾唇時才勉強張開嘴巴，不動聲色，母親已經替我為她的壽終正寢做好心理準備。何況認知障礙始終是一重阻隔，少了這道關卡，或者更能與母親達到心靈感應。每晚我都做夢，母親去後，夢境是一個尋常的星期天，午間循例和父母親到茶樓品茗，父親坐在我左邊，母親離得更遠，結賬時三人搶著付款，爭持不下的一刻我悠然醒轉，伸在被褥外的手勉強抓著一絲空氣。

趕不及到醫院的殮房領取母親的遺體，在殯儀館的內堂見她最後一面，整張臉似乎給人拖長拉闊，完全不是我記憶中母親的顏容，幾乎以為弟弟擺了烏龍，然而現實並不是黑色喜劇，塗抹得像死亡面具的脂粉下應該還是母親真確的臉容，想是化妝小姐一番好意要隱惡揚善，也就不去計較，只是心念與母親長話只能短說，匆匆一瞥禁不住掉下兩滴鱷魚淚，掏出紙巾一抹，也就拭乾。倒是靈堂前的遺照教我困惑，母親的杏仁臉開出濃密的黑髮，就要與靈堂前的玫瑰百合爭奇鬥豔，相片下擺露出衣領和小撮衣影，記得母親上了年紀後就喜歡穿這類薄身短袖碎花襯衫，可是想不起母親何時拍過這張照片，後來與弟弟閒談，卻是殯儀館的工作人員借母親身份證上一張袖珍黑白照片，用電腦加工漂染變成彩色，以為真實的一幅照片原是假象，真假混淆，在母親的遺照前，我再一次感到塵世的虛幻。

一對紅燭和三柱粗香前，眨眼間像擺設珍饈百味，細看白切雞乾癟得像用塑膠製造，三邊還圍著肥肉顫顫的豬手，筷子旁邊，三個紙碗盛載青澀中帶橙紅的食品，聽說是齋菜，貫串的棋子餅像縮小的月餅，應該鮮甜的橙像患有痲疹般帶有斑點，不是令人大快朵頤的盛宴，倒像片場裏的道具，拍過一場戲後可以回收再用。守靈之後，堂倌倒提醒我們，下一天火花之前，攜來母親愛嘗的食物，塗抹牛油的烘底多士是餐牌的例菜，好立克卻不易找，因為成本不輕，食肆都不想輕易贈送顧客，妹妹幾乎踏破高跟鞋，總算張羅，包裝在膠袋裏，來到靈堂，轉換到托盤，母親上路前再與她吃一客早餐，只是相聚的地點不在機場的美食店。也真的像上路，入殮之前，堂倌又邀請我們檢查陪葬的衣衫鞋襪，恐怕母親流落異鄉，衣衫單薄著涼。一件鐵青色的背心，記得母親晚年時常穿來禦寒，在這個環境相認，心像揉皺的紙巾縮作一團。圍著靈柩，在母親身上撒滿堂倌剪來的花枝，捧著母親遺像，這就登上靈車。昨天還傳來幾聲驚雷，今天天氣好轉，並沒有因為母親起程便神色黯淡，太陽掠過住宅大廈，車輪在柏油路上急轉，學校、商店、茶樓都在車窗外曇花一現，強光在醫院的玻璃窗閃了一閃，靈車便停在火葬場，在母親遺像前供奉了三柱心香，大家聚在焚化爐前，請母親安心上路，按過綠色總掣，靈柩在滾動的滑軌上徐徐滑進火舌口，兩邊鐵門合上，與母親的塵緣就這樣截斷。

送葬後回家，從書櫃翻出《帝女花》主題曲卡式錄音帶，是母親初來溫哥華探望帶來的手信，說是慰解我的鄉愁，其實假公濟私。母親本來是喜熱鬧愛說笑的人，無端鍾情哀怨淒迷的〈香夭〉，只能說是情根早種。小時候家裏已有電唱機，不見她買回黑膠唱片，每次《帝女花》在戲院重映，她總像燒香般到場膜拜，只為尾場一段錄音。在溫哥華客居，每次遊罷回歸，總著令我重播〈香夭〉，百聽不厭。錄音帶封套的任白，身穿繡金紅袍頭披鳳冠霞帔，側身回望，似要呼喚侍婢挑燈引入洞房，其實愴惶踏上黃泉路，母親終於尾隨，迴光反照的剎那，耳畔可有〈香夭〉相送？母親與我志趣絕不相投，她喜愛搓麻將，看見我終日書不離手，只會頻呼大吉大利。兩母子倒是情意相牽，在外國升學，無論功課怎樣繁忙，每星期我總抽出時間寫信向她問安。母親深惡寫字，為了與我溝通，也勉強提起筆來。認知障礙症禁絕她搓麻將的活動，然後父親猝然辭世，剝奪了她的同伴，終日與語言不通的菲傭對口對面，只覺度日如年。一看見我回港省親，便嚷著要外出，她興趣不廣，惟有陪她看粵劇，多遍《帝女花》後，其他劇目也一手包攬，創過一星期連看五齣粵劇的紀錄，菲傭不知從何處學到一句成語，取笑我們夜夜笙歌。散場後從劇場出來，已經接近子夜，乘巴士從海底隧道鑽出來，盞盞華燈在暗夜中旋舞，列隊引路，有種對夜歸人的溫柔體貼。日間沒有粵劇上演，只好領母親聽音樂。一個傍晚為了消磨時間，不搭地鐵，特別和她乘船到油麻地，徒步到尖沙嘴文化中心聽中樂演奏，表演甚至不在劇院而在大堂，兩母子坐在冷硬的石階上，〈潯陽夜月〉、〈雨打芭蕉〉、〈妝臺秋思〉、〈小桃紅〉像甜點試食，也不覺得辛苦。母親並不著意曲目，長久看粵劇，倒熟悉個中的小曲，引子一起，母親帶點小孩的興奮，自負地說：「這首歌都聽慣聽熟啦！」隨而擊掌打拍子。思念母親不在眼睛，而在腦海，印刻在記憶裏是這個黃昏。

原載《大頭菜文藝月刊》二〇二〇年九月總第五十九期

愛玲說

錯過了生命的列車，有時候就追趕不到下一班，心想的是黃愛玲的熊抱。還不過兩個多月前，在尖沙嘴青年會咖啡座與夥伴及邁克喝下午茶，黃愛玲隨後到，先與夥伴熊抱，我坐在角落，隔著枱凳有如飛渡關山，趕不及撲過去，黃愛玲手臂跌傷初癒，也不好要她飛身迎過來，折衷辦法是留待下一次，又誰料到這次分手竟成永訣。夥伴常念黃愛玲的熊抱，她到底是中國女性，社交場合多是避忌肌膚相接，她卻磊落大方，第二次見夥伴已經張臂歡迎，夥伴只能用「體貼」來形容她。邁克慣常在法國新浪潮衝刺，也眼鏡跌落側著鳳目說：「怎麼你竟是這般新派？」與黃愛玲熊抱已不可能，平時有空，總愛從書架抽出她的電影小品讀兩篇，讓乾涸的心靈承受陽光雨露，她去後，又把她的書翻來復去，與她的文字再抱一抱。

王德威教授主編，哈佛大學出版的《中國現代新文學史》（A New Literary History of Modern China），千呼萬喚，去年終於出來。一千零一頁，不是天方夜譚，都是學者心血，盛載在硬皮紙盒，拆開來恍似盒中有盒，洋洋灑灑千萬言，捧讀在案，倒像誤踏人頭湧湧的天星小輪，波浪又大，站腳不穩，猛然瞥見黃愛玲的〈中國化與現代化之間：費穆的電影藝術〉（Between Chineseness and Modernity: The Film Art of Fei Mu），彷彿遇到故知，靜坐聽教，忐忑的心也就航進港灣。黃愛玲主力寫《孔夫子》，旁及《小城之春》，突顯兩場戲：夫子動身向天下人宣講聖賢之道的前夕，背對觀眾站在窗前，黃愛玲留意到費穆在室內只放一張木桌，窗也無框，外面卻有梗葉，象徵生命與希望，把夫子的思維引進不可知的未來，黃愛玲感受到場景抽象空靈，有股靜穆的美。另一場，顏回剛逝，太陽漏進斗室，映得牆裏牆外光暗分明，鏡頭從屋外把夫子套進四方窗框，只聽得他悲吟：「天喪予！天喪予！」黃愛玲認為這是國產電影裏頗蒼涼的一幕。隔窗花影動，悠悠發放芳香。黃愛玲的灼灼銳眼，投射到眾人忽視的角落。

費穆固然是黃愛玲的至愛，卻説她眼裏出的潘安還包括孫瑜、吳永剛、楊德昌、侯孝賢、田壯壯、尚維果、雷諾亞、尚高克多和小津安二郎。咦！怎麼基阿魯斯達米（Abbas Kiarostami）缺席？姑且在這裏翻案，也看她評價一位導演時展露文采。一九九七的〈基阿魯斯達米的旅程〉，收錄在《戲緣》裏，她就把《踏破鐵鞋無覓處》（Khaneye Doust Kodjast?/Where Is the

Friend’s Home?，一九八七）比作「清純甜美的淨水」，拜讀下去，藉電影她更看透世情：「現在的人們都愛將木門換成鐵門，聽說較耐用，許是我們已日漸失去用心細看事物的能力。」看罷《春風吹又生》（Zendegi Edame Darad/And Life Goes on…，一九九一）她也有類似的體悟：「每天排山倒海而來的電視新聞影像，早已將我們練就一身刀槍不入的銅皮鐵骨，銀幕上年輕妻子在露臺上憐惜地淋澆劫後餘生的盆栽時，我們是否也會撫心自問：你有多久沒有澆水了？」神來之筆還有：「生之意志……如泉水，從那茫茫的斜坡涓涓流到觀眾席上來了。」到了《風再起時》（The Wind Will Carry Us，二〇〇〇），她亟欲展拓的還是一點靈視：「他那十六歲的小情人，整天在黑黝黝的地窖裏工作，一顆心卻澄明如鏡——習慣了，你就會看得見，她對陌生的來客如是說；而我們跟男主角一樣，只能憑地上的一盞油燈看到她的紅裙子。我們的眼睛一如攝影機的鏡頭，能看到的東西有限，其他的就要靠我們的心了。」推而廣之，我們也可以這樣觀照生死：「……人死了就永遠看不到那明媚的風光了。」然而「……人的生老病死，猶如四時的風花雪月……『質本潔來還潔去』，到頭來一切都會乘風而去。大自然是最終的歸宿。」二〇〇〇年黃愛玲寫《風再起時》的體會，記載在《夢餘說夢》第一冊。可別忘記二〇一六年她還寫過較長的〈基阿魯斯達米札記〉，把電影看得更透徹，與生活同聲呼吸，提到《大寫特寫》（Close-up，一九九〇），黃愛玲如是說：「生活給電影提供了素材和靈感，電影又反過來影響生活，到頭來真幻難辨，簡直就是莊周夢蝶。」另一部《五》（Five - Dedicated to Ozu，二〇〇三），她的見解是：「攝影機安靜地面對海灘，五個鏡頭，五幅風景，將詩意推向極致，動的不是鏡頭，而是生命的自然流動，看似無情卻有情。」基阿魯斯達米晚年在法國與日本拍攝的影片，黃愛玲「覺得有點水土不服」，依然認為他在伊朗時期的作品「兼具人間煙火和蓬萊仙氣。」黃愛玲的文章又何嘗不是？深切體會電影的神髓，遊走於天上人間。

去年在溫哥華國際電影節有緣得睹基阿魯斯達米的遺作《廿四格》(24 Frames，二〇一七)，第四格特別留下印象。白皚皚的畫面，一群馬從左方移到右方，抵著風寒只想急離雪地，一匹馬卻流連不去，也不知道是凍殭還是痴等，畫面淡出時總算有所交待。得知黃愛玲入夢後捨我們而去，對第四格又有新的詮釋。兀立不動的馬會不會是基阿魯斯達米的魂魄，等待黃愛玲過去談影説藝？

原載《蘋果日報》「客座隨筆」專欄二〇一八年一月七日

甜蜜蜜女郎

或說寫作的人觀察入微，我卻是個例外，和妹妹一起成長，小時候陪她跑遍離島的大街小巷，從父母親手中接過碎錢，兩兄妹便出入鐵棚搭的零食店，倒不為意她特別喜歡吃甜，只覺得她像個男人婆。滯留在多倫多的歲月，惟一的補償，是發現這個收藏得最好的秘密。妹夫日間辛勤，晚上存心慰勞自己，一家人總是把酒家當食堂。酒家循例奉送甜品，妹夫不想給自己開始發福的身軀加添負荷，外甥女雙十年華，也要為大學男生的眼睛著想，我又別有懷抱，儘管侍應雙手捧來甜品，都覺無福消受。一碗碗紅豆沙曝曬在大光燈下，施展渾身解數，幾乎可以聽見它們輕輕地說：「吃我吧！吃我吧！」妹妹響應它們的召喚，吃過自己的一份，其他三碗都納入胃腸，還嫌不夠，午市點心的蛋撻芝麻卷豆沙窩餅，下午茶的薄撐黑森林提拉米蘇，她都不肯放過。卻不見得她的身段向橫發展，大概她搜尋了減肥妙方，收藏著不肯與人分享。然而母親患有糖尿病，她不怕被遺傳嗎？午夜夢迴心中猛然一凜，妹妹滿臉笑容吃甜品，吞進肚裏的是否一穀穀眼淚？

煙花發放後的晴空，可說是妹妹半生的寫照，那些年香港的煙花又特別多。妹妹恩承花火，固然是一個幸運兒，她自己的努力也不可抹殺，從商科學校畢業出來，練得一手好文書，商務用的語文來來去去都是那幾句，經過她調兵遣將，卻又大方得體，每有新意。妹妹本來不懂烹飪，商業信件就是她學會燒的好菜，加點葱花灑一撮鹽，吃得老闆大快朵頤，父親看過她的幾個樣本，也遊說她兼職處理貿易行的文書。工作繁忙，早上她把襁褓的外甥女帶來我家托母親照料，晚飯後才回來把女兒接回，有一段時日，我與外甥女相處的時間比她還多。在這裏我也試圖為自己辯護，給我對妹妹的口味遲知遲覺一個冠冕堂皇的藉口。妹妹的野心卻不限於作老闆和父親的左右手，過了兩年，她和兩位好友合作開錶帶公司，生意蒸蒸日上，擴充業務，不止原本在銀行服務的妹夫給她羅致，身為家庭主婦的母親也曾經是她公司的職員。成功卻要付出代價，每晚起碼工作到八、九時，遇上外國的廠家來訪，星期六、日也要作陪客，她惟一的假期，是農曆年間攜同父母親、丈夫和女兒到東南亞旅行兩星期，那是香港經濟燦爛的一九八〇年代。

突如其來，妹夫一家想到移民加拿大，妹妹沒有異議，默默把股份轉讓給生意合夥人，以後就沒有再回頭。在事業與家庭之間，妹妹的選擇應該算是明智。來到新環境，不能重操故業，折衷辦法是開設麵包店，妹夫掌管財政，包括租務和僱員的工資，妹妹只負責調動人手，遇上店員生病找不到替工，妹妹也要挽起衣袖親自下場。有一段時期我在美國升學，畢業後也申請移民加拿大，初到多倫多報告，寄居妹妹家，麵包店的業務已經上了軌道。據妹妹說，做麵包是手板眼見功夫，倒是附設的蛋糕部門，需要別出心裁，妹妹培養了逛書店的興趣，往往駐足烹飪書的角落，翻著一本《蛋糕聖經》就大半小時，看得高興，索性買回家，之後從急就章的夾心蛋糕到層樓堆疊的結婚蛋糕，她都胸有成竹，又懂得只用三種材料便做出一個巧克力蛋糕，糕點的賣相固然重要，她也留意到要保持低加路里和低脂肪，放少些糖，做出的蛋糕依然鬆軟，口感細膩飽滿。苦學生之外，妹妹又兼職間諜，常到酒店的餐廳巡視，對著大堂中央一座盛載蛋糕的玻璃塔流連忘返，向侍應旁敲側擊套取情報，追問糕餅的用料、製法與裝璜。過後少不免充當食客，點上一、兩件，名正言順坐下來試味。有一天銀叉敲擊瓷碟，妹妹的神態有點恍恍忽忽，過後吐露，用叉撥弄的不似蛋糕碎屑，倒像她以前愛推敲的英文字，猛然與舊夢碰個滿懷，夢裏有句尾押韻的舊體詩。

妹妹不懂得親自下廚做甜品，然而，我們幾曾見過建築師親手堆砌磚牆？妹妹像推動火車行進的引擎，憑著一腔熱誠，立志要把麵包店納入正軌。「其實我頗享受現在的生活，無牽無掛，做自己喜歡的事。」一個多倫多的秋日，天氣還未轉冷，和妹妹坐在茶座，她用叉切了一小塊芒果蛋糕，送進嘴裏，悠閒自剖。那麼以前對她的猜測，都不過是我多看荷里活的電影，胡亂編造劇情。移居溫哥華後，聽說她還到烹飪學校報讀糕餅製作課程。能夠把興趣溶入工作的人總是有福的。

與妹妹重聚，在新加坡外甥女的婚宴，妹妹穿一件閃光的曳地長裙，搭一件披肩，和幼年的形象已經相距很遠。她周旋在賓客之間，談笑風生，交際本來就是她的看家本領，兩兄妹倒沒有太多時間話舊。再訪新加坡，存心探望初見面的外甥孫，開門的卻是外甥女，說外甥孫在樓下的花園乘涼，我乘電梯下去，迎面而來的是妹妹，傳統的孭帶繞到心腹，一顆小頭顱怯怯地從裏面望出來。我見了不禁竊笑，以前身為人母，妹妹卻把責任拜託母親，等到外甥女也升任為母親，一時手忙腳亂，妹妹不得不接手，算不算是天理循環？妹妹甚至不懂得哼唱多首催眠曲，替外甥孫洗澡時，來來去去都是一首〈小小姑娘〉，她倒把外甥孫照顧得頭頭是道，單看她換尿布，就像手藝精湛的魔術師。新加坡天氣熱，她只穿T恤牛仔褲，陌生人還以為她是外甥女的幫傭，她也懶得澄清，外甥女一聲請求，她便隨傳隨到，把來往新加坡與多倫多的航機，當是家門前行駛的公共巴士。

不知道妹妹還有沒有閒情研究蛋糕？親情不老，她始終是我心目中的甜蜜蜜女郎。

小團圓

去國之後，過年的盛事是努力撥電話回香港向父母親拜年，智能手機還未面世，成千上萬的香港移民爭用數十根天地線，搶得焦頭爛額，往往只贏得一把公事公辦的聲音：「接駁香港的線路繁忙，稍後請再打來。」也不知道是真人還是機器。父親是終日埋頭苦幹的商賈，母親是偷閒搓幾圈衛生麻將的家庭主婦，「生意興隆」與「橫財就手」的賀語無往而不利，遇上一年祖父病故，就在農曆年前，他是父親最敬愛的家長，手執電話筒一時手忙腳亂，應該向父親道喜還是致哀？不久父親尾隨祖父而去，儘管母親留戀塵世，恍似植物人，我打電話回家，她只當我是造擾芳居的滋事客，「喂」過兩聲之後，把電話筒當作燙手山芋，投擲給外傭，存心向她問候，倒變成與外傭閒話家常探聽她的近況。不用向長輩請安，並不表示拜年的儀式已經告一段落，我到底還有妹妹在多倫多弟弟在香港，然而我在社交方面有一個桎梏，總是以不變應萬變，倘若對方主動拋來一個友善的微笑，我忙不迭剖心相向，要是冷口冷面，我也擺出冰山的臉容，對待親友也是一樣，別看我似乎是個思想開放的人，潛意識總擺脱不了尊卑有別的繁文縟節，要是弟妹不打電話來拜年，我也懶得採取主動，夥伴是個不拘小節的人，看見我固執己見，搖頭苦笑，陋習到了我這個年紀，相信也無藥可救。

溫哥華還是除夕，香港已是大年初一的第一時間，弟弟打電話來拜年，我預見今年前景美好。然而寒暄過後，大家說了賀年的話語，竟又啞口無言。弟弟本來是個健談的人，記得數年前的一個夜晚，我們約了父親寫字樓以前的職員晚膳，上至天地廣闊，下至地方政治，兼及體育經濟，席上弟弟都可以侃侃而談，我反為追趕不上，自問是個興趣偏狹的人，平時喜歡捧著書本鑽牛角尖，我甚至不喜歡坊間流行的電子書，寧願一卷在手，讀兩段嗅一嗅書頁的氣息。有時候弟弟也會向我查詢文壇消息，總覺得他紆尊降貴，說不了兩句便意興闌珊。運動健將遇上文弱書生，我倆似乎活在兩根平行線上，完全找不到交接點，儘管兩人在同一屋簷下成長，經過無數的人事變幻，各有各的志向，這時我手執座臺電話的聽筒，想像弟弟把智能手機緊貼耳邊，兩人都有點手足無措。

忽然想起弟弟很少回答我的電郵，趁機追問，剛要發言，弟弟又在那邊揚聲，彼此的聲音在空氣中碰撞，連續數次，兩人失笑，謙虛地讓對方先説，弟弟也是沒話找話，我便繼續查問電郵的事。答案是自從他擁有智能手機，已經讓座臺電腦在書桌上蒙塵，看電郵也是依靠小熒幕，只是近日智能手機被無名腫毒入侵，連電腦戶口也要刪除，重新登記，頗費周章，我向來嫌智能手機饒舌，始終不想擁有，這下子又找到另一個抗拒的理由。弟弟在陰溝裏翻了船，依然是科技通，近日常聽到 We chat、Whatsapp 和 Line 的字眼，乘機向他請教，我本來對科技沒有多大興趣，然而在圖書館面對廣大讀者，也就身不由己，弟弟樂意充當我的導師，我也就順水推舟。他還提及近來的年輕人已經放棄臉書，多用 instagram 傳訊，我不禁擔心年輕人在博客上只會運用隨手沾來的市井俚語，與文學脱了節，再靠圖片傳訊，會不會完全失去用文字表達的能力？弟弟連忙反駁，上世紀初發明電話之後，以為文字就這樣壽終正寢，過了千禧年還不是身壯力健。數年前我立定主意登陸臉書，以為追上潮流，轉頭甚至搭不到時代的末班車。

對於移居溫哥華的香港人，舊曆年的喜慶有如鞭炮，已經是遙遠的回憶。別的不說，年初一大清早，鬧鐘乍響我還要起牀，趕赴圖書館上班，惟一告慰是可以和小朋友分享歡樂，派發紅封包，內藏巧克力餡的金幣。幾句閒話倒引起回應，弟弟提到自己兼職的補習社，也有類似的活動，只是紅封包裏的不是金幣而是揮春，譬如「一團和氣」、「二龍騰飛」、「三羊開泰」、「四季平安」、「五福臨門」，如此類推，小朋友憑著揮春的數字，可以到接待處索取相同等值的紅印章，加上平日補習老師的獎賞，儲夠十個，可以換取禮物一份。我笑問弟弟可有得到補習社的賞賜，他說很多家長都會給他利是，假期帶小朋友旅遊回來，還會帶回手信，弟弟並不稀罕，最稱心是看到自己指導的學生，順利完成學業，小學生升上中學後，調到數街之遙的大廈上課，不時會走回來向自己問好。以為弟弟只是一個公事公辦的人，倒也留心瑣碎的人情世故，電話那邊傳來一個鐵漢的柔情。

與親人在空氣中交談，始終是小團圓，我向弟弟透露四月下旬回港的消息，不是要他到機場迎迓，只想趁大家有空時聚一聚，他聽後語氣中帶點為難，本來籌謀著到澳洲探望兒子，一時被我亂了陣腳，又不想與我擦身而過，有點躊躇。既然我已經訂好機票，他只好修改行程。父子兩地阻隔，我知道他們每星期透過 skype 通一次電話，寒流襲港澳洲卻是盛夏的暑假，侄兒會回港與弟弟團聚，往往一住就是兩個月，怎麼剛見過面，弟弟又汲汲皇皇趕赴遠方與兒子大團圓呢？原來侄兒正在攻讀碩士課程，需要留在澳洲實習，今年暑假只好放棄回港的機會，弟弟教我想起埃及詩人謝里夫．拉迪的幾行詩：

心有激情，口不會提

但是如果我們沒有被監視
我會與你分享

斷續看《紅樓夢》，翻到「敏探春興利除宿弊」的章節，得悉王熙鳳操勞過度，不幸小產，需要靜養調息，家事暫時交託李紈和探春掌管，吳新登的媳婦欺負探春年輕，報告過喪事後，故意不提自己的主見，探春窺破她的鬼祟行藏，巧言令色向她訓示過後，有條不紊地處理事務。讀著我就想起弟弟，無疑他不是女流之輩，處事卻不較異性遜色。也是形勢使然，自從妹妹一家人也移居加拿大，三兒女只有他留在香港，事無大小，一根擔挑都落在他的肩上。母親年邁，他就負責招聘外傭。及至她不良於行，他又從老人院張羅輪椅，老人家得了急病，是他打電話召喚白車，家裏兩度遍遷，他忙著找房子。我偶然心裏埋怨他假日不多留在家陪伴母親，倒像是吹毛求疵。說起來，父母偏心，弟弟還不是他們最寵愛的兒子哩！多年前母親初患糖尿病暈倒，是他立刻把母親背到醫院。電話是最好的機會向他慰勞，我總是期期艾艾，猶豫間他已經道別，掛斷電話，繼續辦正經事。

原載《大頭菜文藝月刊》二〇一八年二月總第三十期

帽失

本來無一物。

纖纖復纖纖，紗線交疊，漂染成葉，繡上馬鹿的頭，角便像黏合的雙手散開，原來還有鐵路標誌，長年累月，毛線脫落，再也看不清楚。圍成圓圈撐起，像露營帳幕，外加半片屋簷，一頂遮陽帽便是這樣生產。

遮陽帽的時價可以超過美金十元，十多年前，兩三塊錢應該可以交易。

夥伴不用掏腰包購買，他甚至不在這家鐵路局工作，有一次他駕火車接載這家鐵路局的高層，遮陽帽便送過來。

參加本地的遠足團，白色的帽子是免費奉送的禮物；夥伴的妹夫開農場，設計前面米黃後面深棕的帽子，帽前繡有農場名字作宣傳，自然少不了親戚朋友的份兒；夥伴隸屬一個模型火車會，藍白相間的帽子就是制服的一部份。大機構的遮陽帽每多相同，總是深藍質地繡上蛋黃徽章，來自大學、海岸防衛隊……，想像力都在緊箍咒下變得稀薄。家裏堆滿遮陽帽，多是千篇一律，偶有佳作，都收藏在步入式衣櫃，遠看像衣帽店的櫥窗，我們卻站在玻璃的這一邊，唾手可得。

芸芸的遮陽帽裏，夥伴特別偏愛葉綠色繡有紅馬鹿的這一頂，只能說是投緣。陽光猛烈時他名副其實用來遮陽，他又不喜歡帶雨具，下雨天便用來擋雨。平日他把帽子帶在頭上，旅行時放進背囊，回到香港，他心血來潮，把帽子放在背後衣衫與褲頭交接的位置，說是仿效鐵路工人的姿勢，過幾天帽子便不知去向。

其實之前早有徵兆，我倆同坐電車，他先離座，我尾隨在後，發覺帽子掉到地上，檢起來交給他，當時應該知道衣衫背後不是擺放帽子理想的地方，事情沒有發生，總是想不周到，等到真的遺失，卻又後悔當時沒有慎重。

出事後，肇事地點成了告解亭，等著我們回去懺悔，我們重返上一天觀戲的劇場，其實散場後工作人員已經清理場地，服務員依然像善心的神甫，不用我們唸玫瑰經，還幫忙我們多看一次，然而既與物品斷了緣份，無論怎樣努力，再也不能接續。

失去遮陽帽後，夥伴開始懷念它的好處，說葉綠色是他最深愛的顏色，帽圈圍到後腦，沒有網開孔洞，最合他的心意。帽沿又剛巧套進他的頭顱，不用調校，像談得來的知己。陽光雨雪，他都戴著，日久留有一圈汗漬，也真的像肝膽相照的知己。

下一天走在街上，夥伴看見迎面而來的人，戴著葉綠色的帽，紅鹿頭上撐起有如開掌的角，是失去的帽嗎？想要追究，終是證據不足，何況人既然有相似，物也會相同，只好由他過。

到頭來還是空。

原載〈別字〉網誌第四期

異鄉人

想不到偶然的偏執可以負累餘生，只因為喜歡享受書頁間傳送的清香，厭惡在大庭廣眾公開自己的私隱，一直以來我都抗拒電子書和智能手機，等到兩者都成為都市人生活的一部份，我才意會到自己被電腦科技拋離百丈遠。

如果科技也有宗教式的選民，我顯然不是其中一份子，別人買來一臺電腦回家可以無師自通，我始終需要有人在背後指點。數碼年代，勉強學會生存之道，也不過是在座臺電腦前，把熒光幕當作一張白紙，狠狠地敲擊鍵盤，打出一封封電郵和文稿，發放給遠方的親友和雜誌社。藉助谷歌的圖片剪剪貼貼，倒也拼湊出一張張彩色海報，宣傳圖書館的節目，都是鵰蟲小技，提出來也貽笑大方。當然，這時節坐在圖書館的服務臺，需要兼職電腦醫生，治理讀者隨時併發的奇難雜症。說起來，浮華世間，無端被委派收拾爛攤子的任務，也是逼上梁山。當初我主修圖書館管理學，純粹想把迷航的讀者，引渡到豐饒的書鄉，料不到電腦忽然母儀天下。讀者走過來，真想剖白心腹，告訴他們其實問道於盲。硬著頭皮，我倒曉得幫助他們編印電郵的附件，把在YouTube看得眉飛色舞的錄影片段傳回自己作紀念。若再深入一層，我就束手無策，譬如我就不懂得怎樣刪去臉書戶口，有一位讀者請我幫忙把智能手機的圖片下載克雷格列表，我就要另請高明。如果我敬業樂業，公餘時應該讀電腦班調理營養不良，然而我並沒有，寧願花費時間翻書作白日夢。讀者與管理員的關係可以異常脆弱，未能即時滿足要求，隨時反臉無情，眉宇間充滿鄙夷的神色，彷彿懷疑我是否跑後門考取當前的職位。

都說先進科技推陳出新，是否一定代表進步？試看網頁更新，就像例行公事，往往把用戶引進死胡同。電子產品日新月異，其實也不過像時裝，並不是充飢的麵包，在消費主義社會裏，更是一顆顆琳瑯作響的搖錢樹。十年前智能手機初上市，人們不用枯坐家中等電話響，乘船坐車穿街過巷也可以高談闊論，的確是生活上的大衝激，價錢逐漸平民化，連菲傭與印傭也人手一部，更是貧富懸殊的調停人，曾幾何時，六年前推出的智能板，就不可以同日而語，無疑智能板的畫面比較光亮寬敞，充電後可以維持十多小時，然而沒有轉折器，也不能下載圖片和文字檔，倘若已經擁有手提電腦、電子讀本、iPod 和智能手機或者其中兩款，智能板只不過是錦上添花，手捧智能板招搖過市，頂多招惹過路人的豔羨眼光，旁人看到智能板上佈滿指紋，還以為是賊贓呢！

電腦科技一日千里，現在來批判三歲孩童也會操縱的智能板，不只明日黃花，更似拭抹上世紀的塵埃。倒不如轉換話題，針對今年七月才面世的一款流動平臺擴張實景遊戲，名喚「寵物小精靈，出馬！」（Pokemon Go），八十年代孵育在電子遊戲機的怪物跳出畫面，需要勞動全球定位系統追蹤。甫一露面，吸引成千上萬的寰宇公民瘋狂下載，又掀起另一重魔障。這個時候不立刻跳上「大樂隊車」，站在路邊潑冷水，一定會被人指斥為思想落伍，生活毫無情趣。遊戲需要大量能源，容易耗盡手機電力，還是小事，實情是遊戲發行不到兩天，新聞報告一名少女橫過馬路時沉迷遊戲，引致交通意外。其後一名少男心無旁騖墮崖而死，一名司機專注撲捉小精靈撞向警車，更有多宗投訴，說被誘到危險地帶遭遇襲擊及搶掠。下載遊戲還需提供個人資料，更似大開中門引狼入室，當事人趕時髦遊戲時遊戲，還算咎由自取，公共場所一些清靜地譬如教堂，無心成為競技場，卻招來穿花蝴蝶，難怪奧利華·史東慨嘆，這款遊戲預示極權思想起義，機械人社會因而成形，希望不致一語成讖。無疑穿堂入室在真實場景追尋虛擬的小生物，帶來夢遊的快感，擺出的始終是燈蛾撲火的姿勢。遊戲的規則是「擒拿、訓練、戰鬥」，似乎嫌目前瀰漫在民間的戾氣還未足夠。

黃昏坐在服務臺值班，南亞婆婆到來，鮮橙色的莎麗掩不住臉上的疲態，龍鍾地踱到電腦前，請我代勞在克雷格列表找一個地下室棲身，我問她可有電郵地址，她靦腆地說連滑鼠也不會用，這下子可把我留難，圖書館管理員的職責是引領讀者找到需要的資訊，並無義務解決他們生活上的難題，我向南亞婆婆解釋自己的困境，提議她另請高明，她慨嘆身畔並無一人可以伸出援手，我勉為其難，從克雷格列表翻出幾個地址，編印給她參考，希望有所幫助。我到底不是她的隨身保鏢，一天不能提供二十四小時的服務，然而在電腦年代，這卻是她的生活所需。說來有點忘恩負義，電腦深入民間，無疑為升斗市民提供無數方便，以前思念遠方親友需要憑藉魚雁，現在彈指間便可以互通款曲，想要捉拿漏網之魚，只要在瀏覽器打幾個關鍵字，文章無所遁形。然而現代人把電腦當神膜拜，事無大小都要附托絲蘿，連繳交月費、申請援助、填報表格都要上網，再不接受郵遞。數月前加拿大進行人口普查，所有公民都要在互聯網舉報個人資料，若有延誤，不用琅璫入獄也要交保釋金，普通人或會指摘我小事化大，我其實擔心不懂電腦的耆英比如南亞婆婆，孑然一身，不知從何入手。我忽然感到莫名的張惶與恐懼，同是電腦國度的異鄉人，我不過是五十步哭百步。

原載《大拇指臉書》二〇一六年八月十八日

星期日與西貝兒

下午一時剛到，圖書館的正門像被電腦編排般自動開啟，吸納苦候的讀者群，人潮退去，我徐徐推門進去，在儲物櫃存放背囊，掏出工作證掛到胸前，趁機灌一點李斯德林進口腔，到洗手間漱口，盥洗過後，往職員室的簽名簿報到，然後大踏步踱到服務臺，喚醒電腦，向鄰桌的西貝兒點頭招呼：「你好嗎？」每個星期日風雨不改，一板一眼例行公事，連自己也覺得像上了發條的機械人，對西貝兒的問候倒是真心的。

人際關係真是一門高深的學問，在課堂裏熟讀經綸考試得個滿分，畢業後面對社會的人和事，可以吞個零蛋。聽說在香港，主任率領訪客參觀圖書館，下屬走在前頭當開路先鋒，手上一串鎖匙搖得琅琅響教人讓路，必恭必敬開啟每一扇門。來到加拿大，空氣裏飄揚著自由平等的微粒，這段軼事只能當是天方夜譚。我翻閱的書多崇尚人道主義，耳濡目染，也不擁護尊卑有別的人事處理，寧取一視同仁的哲學，然而我心目中的平起平坐，看在別人眼裏只覺得領導無方。遇上個性偏執的下屬，更會反過來喧賓奪主，每日乘車上班，有如策馬沙場。然而，生命總提供容易開趟的兩扇板隔門，拉到一邊突然碰壁，嘗試另一邊可能面對鳥語花開的風景。西貝兒就是這樣的一個故事。記得她當初加入星期日工作組，對讀者熱情擁抱，對同事卻有所保留。如果我不主動搭訕，她可以坐在鄰桌埋頭苦幹，不發一語，當然也不打招呼，加拿大的青少年以為「爽」是潮流，笑臉迎人是不成熟的表現。西貝兒已經過了二八年華，依然散發青春氣息，可能服膺這個信念。轉念一想，推己及人，初相識到底是陌生人，可能她也在暗中窺伺，靜觀我的反應，想想也無容執著，現在每星期日上班，與她四目交投我總是採取主動找尋話題，她就像深海裏的扇貝殼，遇上陽光和音樂，燦然綻放。

報章雜誌採訪學者專家，討論敏感題目，當事人總要求姓名虛構，可能不想被千絲萬縷的人際網絡弄得作繭自縛。西貝兒也不是同事的真實姓名，在這裏我當然無意誹謗，到底未徵求她的同意，還是隱姓埋名。星期日忙裏偷閒，我總愛想起電影，尤其是多年前看過的一部，片名就喚做《星期日與西貝兒》，十來歲的女童巧遇失憶的中年漢子，交往純潔得像一張白紙，卻被旁人歪斜的思想污染，結果悲劇收場。同事與我的年齡頗有差距，倒有點像影片的男女主角。同事的打扮並不喧嘩，上班時總穿著一件V字領灰色連衣裙，露出雙臂，走動時衣衫款擺像騰雲駕霧，她卻愛抱怨圖書館的冷氣比雪櫃還冰凍。下星期日她加添一件深藍色毛線衣，依舊薄如蟬翼依舊瑟瑟縮縮，徹頭徹尾是個不知天高地厚的西貝兒。

黑絲挽成髮髻烘托圓臉，或是抽刀斷水般把髮梳插進奔瀉的長髮，西貝兒不算是古典美人，自有她的風韻。中國讀者看見她黃皮膚，不假思索就用粵語或是國語向她提問，她只好尷尬地轉過頭來，向我求助。無疑她是如假包換的中國人，在加拿大出生，父親還在臺灣工作，她又遠離母親與姊姊同住，平日少練習，舌頭容易打結。我也只是在語言方面略為較她優勝，我本是個電腦盲，這個年頭，坐在圖書館的服務臺，讀者都當是電腦神仙廣施法力，電腦程式隨時更新，令我追趕不及，讀者一個簡單的技術問題，聽在我耳裏，可以變成獅身人面像向沙漠的旅客刁難，西貝兒的科技智識已經進步到可以用電腦程式剪輯一部短片的地步，拿著滑鼠點石成金，讀者自然趨之若鶩。我坐在服務臺，應該為大眾鞠躬盡瘁，依舊堅持工作人員的尊嚴，讀者隔遠坐在終端機吹口哨把我當狗叫，我假裝聽不見，算是給他們的懲罰，西貝兒卻會立刻飛身撲上前任從使喚。她在圖書館巡邏，看見讀者像迷途的羔羊在書架間亂鑽，她又會執起牧羊人的手杖指引方向，竭盡心力的工作態度，有時候令我懷疑自己是否把尊嚴擺放得過高。

電影裏的西貝兒只在星期日與失憶中年漢子會面，活動亦只限於公園。重回現實，西貝兒與我的交往並不踰越星期日與圖書館。別看圖書館人來人往，總有清靜的時刻，晴朗的星期日，讀者寧願獃在戶外曬太陽，圖書館倒變成荒山野嶺。雜務辦妥，坐著無聊，難免與西貝兒搭訕。一星期工作七天，她其實也沒有太多空閒時間，公餘就擁著一部電視機同眠，特別鍾愛新近拍攝的一輯福爾摩斯片集。少去電影院，完全沒有聽過《星期日與西貝兒》，卻又會如家珍般細數《金枝玉葉》、《龍鳳配》、《珠光寶氣》、《儷人行》的名字，純粹因為父親是柯德莉夏萍迷（臺灣人喚作奧黛麗赫本），說時臉上流露對父親的思念。另一個星期日，我們談到音樂，以為她會例行公事捧出賈斯汀比伯、單方向樂隊和泰勒絲當是她的至愛，她卻出其不意送上一句：「我倒不太愛聽行內的音樂。」我皺著眉追問，回應是鋼琴奏鳴曲，每令她懨懨欲睡，伴隨樂團的協奏曲才令她精神振奮，可能是聽得奏鳴曲多年，想要換換口味。四歲開始學習，參加過比賽得過小獎項，後來當上音樂教師，卻實在不喜歡這行業，不忍心看著沒天份的孩童被迫坐在鋼琴前強敲琴鍵，童年時學習的喜樂一掃而空，只好轉向圖書館另尋樂趣，西貝兒若無其事地重整髮絲，彷彿說著別人的軼事，我禁不住一絲驚詫，估計她是硬綳綳的一個科技人，卻有輕柔的一面。生活裏充滿奇珍異寶，以為是幾顆代表少年煩惱的青春痘，放大鏡下細看卻是珍珠。我對音樂也無天份，甚至不會區別大調與小調，卻又充滿好奇。好了！身畔坐著一位專家，每個星期日倒要不恥下問。

事先沒有張揚的星期日，服務臺不見西貝兒的蹤影，沒有人知道她的下落，這倒不是她的本色，掛念她的安好，找來她的手機號碼撥去問候，卻又接駁不通。剛放下聽筒，電話隨即響起，是西貝兒，說父親大駕光臨。她要工作，父親來得不是時候，然而她天天上班，又有哪一天才是良辰吉日？兩者權衡，還是親情為重，本來接了的工作也推掉，放自己一天假，隨家人到西雅圖遊玩，以為星期日一早回程，萬無一失，誰知在邊境遇上交通阻塞，望天打掛。我答應暫時照顧大局，請她放心。收線前，她笑問圖書館可已變成瘋人院。無疑服務臺擺一條長龍，電話又像嬰兒般啼哭，我倆總覺得像馬戲團的雜耍員，拋接跳彈在半空的圓球。然而我身經百戰，總能過關斬將。忽然想起多月前的一個星期日，上班前我蹉跎再蹉跎，路上遇到交通意外，半途擱淺，打電話知會西貝兒，回圖書館時遲了四十五分鐘，西貝兒正在幫忙讀者解決手提電腦的接駁問題，看見我上氣不接下氣趕來，拋來一個眼風，彼此相視而笑，彷彿在玩一個隱秘的遊戲。

合久必分，本是生活的常規，我就是食古不化。一個星期日，西貝兒告訴我，圖書館又有空缺，她已經申請接受面試。我含笑祝她好運，內心經歷小孩子與成年人的鬥爭。芸芸眾生，兩人相遇進而合作愉快，算是緣份，一旦盡了總覺可惜。然而，天下無不散的筵席，況且西貝兒與我同屬臨時雇員，我起碼在另一個圖書館系統還有正業，星期日兼職數小時，不過是賺錢買錶帶，西貝兒並沒有固定工作時間，全靠多間分館隨傳隨到維持生計，亦同事亦朋友，也祈願她收入穩定。西貝兒對自己在面試的表現患得患失，成績要在一個月後公佈。決定性的一刻，我戰戰兢兢進入圖書館放下行囊，拖曳著腳步來到服務臺，心頭捲起千重浪，表面卻風平浪靜地問西貝兒：「接到好消息了嗎？」

原載《大頭菜文藝月刊》二〇一六年九月總第十四期，略有增訂

下午六時半的退休

同胞這個字眼可以是三菱鏡多面體，並不單是反映同聲同氣，畢竟人有多種品性，尤其是身在外國，看見別人和自己一樣膚色立刻列為假想敵，還未打過招呼已經築起一道圍牆，惟恐同胞侵佔自己辛苦經營的領土。莊伯顯然是例外，用試探的口吻得悉我和他一般説廣東話，以後一看見我在圖書館當值，便借詞提問過來和我搭訕，於是我知道清潔工人被一般人視為厭惡性的行業，並不只是倒垃圾和洗廁所那麼簡單。圖書館開放，讀者分散各個角落看書閱報使用電腦，莊伯當然不能拖著吸塵機在地毯上張牙舞爪，等到人去樓空，才可以戴上膠手套操作，週末圖書館在黃昏前閉門，莊伯還有多些時間可以調動，平日圖書館堅持開放到晚上九時，莊伯就要披星戴月到來上班，有些人形容這段時間是墳場工，絕不誇張。莊伯不懂駕駛，上下班全靠公共巴士接送，有時候上司分派他到離家較遠的分館，只是乘車已經超過四十五分鐘，這卻不是他煩惱的主因。公共巴士在凌晨兩時前便停駛，要到早上五時後才恢復行車，遇上讀者頑皮，隨處丟棄廢紙雜物，執拾完畢出來，往往只接收到巴士尾巴噴出來的廢氣，溫哥華多雨，冬夜更會飄雪，不能步行回家，只好折回圖書館靜渡一宵，又不能熟睡，好夢正酣，職員到來上班，還以為他在躲懶，提心吊膽，睡也不安穩。凌晨出來，在黑暗中候車，不遠處凌亂的枝杈織成一個黑網阻隔去路，冥冥中似乎就預卜他的前途，人在異鄉，學歷有限，又沒有太多選擇，只好瑟縮在羽絨裏繼續等下來。

以為我借上班時間營私舞弊，其實莊伯與我並不盡是打牙祭，也有正經事辦，談得熟稔，莊伯權充讀者的角色，要求我替他找一些書法的臨摹本，我先在電腦的圖書目錄翻查，再到書架瀏覽，確認當值的圖書館沒有存書，還透過網頁為他向另一間分館預約。平日與莊伯只在圖書館偶遇，把他當作擦身而過的暗影，倒沒有切切實實地想到他也是有血有肉的人，揣測他怎樣打發公餘時間。圓臉的頭顱刮得精光，每天早晨起牀他甚至不用花費工夫梳理頭髮，都市裏人手一部智能手機，可以拿來當是非匣公仔箱遊戲機，預料莊伯也不甘後人，有一次他卻向我抱怨，說每逢坐公共巴士，最痛恨旁邊的乘客惡犬吠月，強迫他聆聽別人家本已掃到牀底下的私事。想到莊伯放下惹塵埃的雞毛帚，會提起附庸風雅的毛筆提幾個字，不禁肅然起敬。莊伯卻謙虛地透露，都是從唐人街的文化中心學來的鵰蟲小技，每星期一次，八堂課學費只是加幣三十元，些微的費用換來怡情悅性，何樂而不為？以後遇上讀者向我查詢書法的典籍，也急不及待替莊伯預訂一本，無意間發現一位知名學者的論文集，探討書法、崑曲與普洱茶的美學，也替莊伯預留，莊伯接過來掃視書目，也不翻閱便原書奉還，別說他對崑曲與普洱茶完全沒有興趣，就算書法，也只重視實踐，完全無意理論。莊伯當然有權選擇，我看甲骨文固然是象形文字，自問對篆書到隸書、草書、楷書、行書的發展過程也不清楚，乘機向他請教，他卻搖頭說自己只會草書，還只是對著字帖臨摹，我掩不住一點失望。話題枯竭，莊伯又興沖沖提著塑膠袋盛載垃圾，我手捧知名學者的書，望著莊伯的背影，覺得自己真是一個損友。康德不是提議我們要把他人視為一個終結，不是一件工具嗎？我似乎強把王羲之和顏真卿的布衫披到莊伯身上，既然我認為眼前的書是珠玉，為何不單刀直入天上人間？

亮閃閃的禿頭，容易讓人把莊伯與英國剪平頭的青少年暴徒相提並論，莊伯當然與兇惡無關，我聯想到的是年輕的部份。有一天莊伯無意間透露年紀，他也已經五十多歲，加拿大原本的法定退休年齡為六十五歲，他在圖書館工作了十九年多，公積金也不高，趁著身強力壯他還想多捱數年，是的，他用上一個「捱」字。五月的一個黃昏，我在另一間分館當值，莊伯忽然闖進來，禮貌地向每一位同事道別，我的工作桌旁有一張多餘的椅子，他毫不客氣坐下來，椅墊不勝負荷地發出「遲」的一聲，他決定在五月底退休了，事出突然，我禁不住探頭探腦，他只是兜圈子，就是不肯讓我看到事情的真相。一會兒他抱怨圖書館的維修部門有太多嚴峻的工作程序，規定星期一洗垃圾桶、星期二抹玻璃窗、星期三排妥會議室的桌椅……莊伯拿我在資訊處的經驗做比方，突發事件此起彼伏，怎可以嚴格地遵守規則？一會兒他又擔心最近參與太多工會活動，引致上司不快。他理直氣壯的說辭職信有醫生紙支撐，證明他近日腰痛，需要多休息。語氣一轉，他又有些後悔，還有幾個月便在圖書館工作滿二十年，或者應該耐心忍受一下，然而既已遞了辭職信，忽然變卦，可能更令上司生氣，說到底他也不想自封後路，退休後仍然希望上司重新把他錄用，每個月回來當替工十小時，我是個喜歡編故事的人，莊伯絮絮不休，令我想起契訶夫的一個短篇〈小公務員之死〉，主角切爾維亞科夫在歌劇院的樓座居高臨下，冷不提防打了一個噴嚏，口水花飛濺到樓下一個觀眾的衣襟，觀眾回過頭來，卻是頂頭上司，以後小公務員就被夢魘追隨，惟恐頂頭上司藉此把自己開除。當時莊伯坐在大時鐘下，剛巧是下午六時半，長短針疊在一起，像籠裏的小白兔身前一雙交叉的手，想要掩飾一點甚麼，又像小人物的垂頭喪氣。下一天圖書館的內部網頁祝賀維修部門有新官上任，旁邊是莊伯與另一員工退休的花邊新聞。

退休前幾天，莊伯又尋到我當值的圖書館，他向來奉行清心寡欲的沒有主義，不止沒有添置智能手機，家中也沒有安裝電腦，自然沒有開設電郵戶口，工作時日入而作日出而息，倒沒有覺得有所欠缺，退休後入息有限，需要找點散工幫補，就得為未來雇主提供一個聯絡的方法。在讀者與讀者之間，莊伯不斷向我追問，究竟哪一個電郵提供者比較可靠？購買手提電腦還是智能手機比較實惠？平日我與科技劃清楚河漢界，所知有限，向莊伯表白立場，他也不介意，我只好盡量提供有限知識，想到莊伯本來對科技不屑一顧，為了生活不得不向現實低頭，心裏湧起一陣悲哀。撇開科技，莊伯又提到公積金的問題，他可以有幾個選擇，生前多取一點，過世後家人便少得一點，我看莊伯身壯力健，為甚麼要衍生過世的張惶？他固執地說人生不可逆料，總得為兒子著想，往日莊伯獨來獨往，彷彿沒有家庭的顧慮，突然提到兒子，才想到他也有所牽掛，這回卻輪到我有一個疑問：兒子是在身旁？還是人在他方？如果和他一同住在溫哥華，知道他雨夜雪夜在黑暗中奔波，為甚麼不想一點辦法？然而莊伯似乎只樂意向外人揭示他身世的一角。記得有一次我好奇地問他加入圖書館前從事甚麼行業，他也是得過且過地吐出「做井」兩個字，眼前竄起一座巍峨的高樓大廈，建築時地盤圍滿欄柵，看不到挖土機翻天覆地的陣象，門前豎起「閒人免進」的牌子，我既然是閒人，無謂擅自闖進。抬頭看圖書館的時鐘，也是長短針互疊，卻是兩針向上，中午十二時，一個摟抱的姿勢。

原載《大頭菜文藝月刊》二〇一八年四月總第三十期

微笑罰款

或者用「輕蔑」兩個字來形容過份認真，實情是我對這名讀者的觀影口味不以為然。他看來頂多五十多歲，已經需要一根枴杖扶持走路，肩上的背囊增加重量，更加拖延他的步伐，耗盡九牛二虎之力來到服務臺前，坐到椅子舒一口氣，從微污的恤衫口袋掏出一匹布長的影碟名單，賜我一個笑容。我是個影痴，遇到這樣一個知已，好應該喜上眉梢，與他推心置腹討論英瑪褒曼、塔可夫斯基、貝拉塔爾的貢獻，細聽他輕吐清單上的片名，不是漫威系列的雷霆悍將和蜘蛛俠，就是《星球大戰》死不斷氣的片集，他手執的縱是錦緞，都成了廁紙。然而我是坐在服務臺另一邊的專業工作人員，對所有讀者都應該一視同仁，不存勢利眼，職業教我勉強回報一個微笑，假作熱心替他翻查電腦的圖書目錄，為他預約另一間分館擁有的影碟。對於兩個本不相識的人，沒有甚麼比談電影更容易聯絡感情。他口沫橫飛告訴我，這部電影的兵器怎樣奇門，那部電影的爆炸場面怎樣一新耳目，聽在我偏見的耳裏，都不過是天花板傳來的陣陣陰風。

別看讀者平時性情曠達，倒也有板起面孔的時刻，有一天他就向我投訴，館藏的一隻中文影碟有辱華的成份，原產地是香港，主角還是我們熟悉的周潤發，運到北美，沒有提供英文字幕，倒可以選擇英語配音。儘管他聽不懂廣東話，看人物的表情，也知道這部警匪片沒有鬧笑成份，配音人員卻在語氣上著意把角色丑化，以為製造輕鬆的氣氛，其實對原來的工作人員不尊重。根據他的意見，這樣的影碟理應從圖書館下架。長久吸納漫威漫畫的英雄氣慨，讀者似乎也想在現實生活行俠仗義。然而每個人的觀影經驗都帶有主觀成份，何況我只是圖書館的小嘍囉，生殺之權操在館長手中，我按照程序向館長請示，倒不見他採取行動。偶發事件倒讓我摸清讀者的口味屬國際化，後來與他傾談，他對周潤發、李小龍、李連杰、成龍的電影都瞭如指掌，他每兩三天便來圖書館一趟，歸還十多隻影碟，再借新的，要不是擴闊自己的口味，相信館藏的影碟很快便給他掏空。人際間的關係像建築，一層一層加蓋起來，熟稔後他告訴我，每晚都睡不好，失眠的漫漫長夜，就靠漫威俠客帶他到另一個夢世界飛天遁地。

影碟幾乎成了讀者午夜後的精神食糧，世事總是出乎意料，另一天他駕臨圖書館，卻要求我替他取消所有預約，我不禁有點吃驚，洗耳恭聽詳情：「醫學界最近發明一隻新藥，如果測試成功，可以抗衡癌細胞，醫院徵求志願軍，並且提供車馬費，反正我是爛命一條，又有利可圖，何樂而不為？只是注射過後，我只覺得頭昏眼花，還想嘔吐，顯然不能承受，醫生坦白對我說，我可能時日無多，既然號碼一亮起，我便要去報到，不如乾淨俐落，無謂拖泥帶水。」我認識的親戚朋友都身體健康，驟然聽得讀者提到絕症，招牌式的笑容僵在臉上，一時不知道怎樣反應。讀者卻是好整以暇，彷彿一如以往多嘴劇透，完全沒有自憐。

早上圖書館中門大開，迎來一群知客，借書閱讀聊天上網，擾攘半天，復歸沉寂，下課後學生聯群結隊到來做功課，黃昏時段各散東西，留下無處可容身的伶仃客，磨蹭到閉館才離開，然後圖書館休息，下一天再開放，日復一日，重複起落就是生活本身。循規蹈矩的讀者就像過眼雲煙，反而興波作浪的一小撮，我們要留下鬧事紀錄，銘刻心間。讀者向我陳述病情，當時感到一陣戚然，過後被瑣事打擾，也就淡忘，以致有一天圖書館的電梯門打開，讀者又一瘸一拐地從裏面出來，我雖不致於感到幽魂現眼，倒有幾分詫異。「對不起！又來打擾，我這個人牛脾氣，不堅持到底，不肯罷休。外面陽光普照，我為甚麼要躲在屋裏唉聲嘆氣，倒不如到來圖書館嘻皮笑臉，圖書館有規定，還書過期罰款，希望不致因為我的樂觀過了期，微笑也要罰款。」雷蒙．陳德勒筆下的菲臘．馬盧，失眠的夜晚愈是接二連三，他愈是精神抖擻，讀者到底不是偵探小說裏的硬漢，儘管他擠眉弄眼，鼻翼一張一合，依然掩不住一臉疲態，他還睡得好嗎？「當然不好，晚上八時就寢，未到半夜已經甦醒，長夜漫漫眼光光，所以到來找一些影碟，當我的副手謀殺時間。」圖書館到底不是詳談的地方，說不上兩句，電腦前一名銀髮族因為忘記電郵的密碼破口大罵，我又得過去幫忙，讀者揚一揚手，頃自朝陰暗的角落走去，天花板的吊燈灑在他的背脊，黑外套底下露出藍色的恤衫尾，眨眼間彷彿披著小斗篷，我們都是容易向惡劣生活低頭的庸碌之輩，他才是真會騰雲駕霧的漫威戰士。

讀者又成了圖書館的常客，每星期起碼遇見他兩、三次，然而他不再借閱電影影碟，興趣轉向電視片集。「以前我著意迴避電視片集，一個盒起碼裝有四、五隻影碟，每隻收錄四、五小時的內容，加起來差不多一天，簡直費時失事，只是現在我手頭最充裕的是時間，何樂而不為？最近我看了一套關於癌症女病人的電視片集，詳細描述她怎樣接受化學治療，還參加癌後群的集體療法，觀看時簡直感同身受。」要不是他兩度提到一個「癌」字，我也不知道他的病情，然而癌也有很多種，屬於他的私隱，他不提起，我也不想追問。人與人之間相知的是那麼少，每天我和多位讀者碰口碰面，若有疑難，大家坐在一起商討十多分鐘，過後分手，如同陌路。真要查根問底，倒可以翻查電腦檔案，然而除了姓名、地址、出生日期，我們又知道多少？倘若他們現時有借閱紀錄，倒略知道他們的閱讀興趣，僅此而已。每次一個陌生的讀者迎過來，要求我推薦一些好書，我就啞然失笑，這樣一個知心的問題，我怎能夠用三言兩語向一個不是知己的人說清楚？

另一天在圖書館與讀者相遇，他改換了一件嶄新的黑外套，下面一條素淨的藏青色卡其褲，季節還未轉變，他已經急不及待換季，衣服反映人心，他是否有意用全新的態度面對當前的挑戰？「誰知道？昨天我乘公共巴士，突然中風發作，當時我神智迷糊，事後他們告訴我，我從座位滑落地面，手腳抽搐，衣服有好幾處地方都磨破了，有人送我到醫院，還買了新衣服給我替換，醫生見我無礙，准我出院，還給我計程車券，讓我免費乘車回家。」讀者說得輕鬆，聽時我像一個壞了的寒暑表，心情隨錯落的水銀升降，我囑咐他多保重，他聳肩，把中風當作家常便飯。「上星期就起碼發生過兩次，一次剛巧巴士上有一個護衛員，不止陪伴我到醫院，護送我回家之前，還請我吃了一個大餐，就因為世界上有這些人，才值得我發奮繼續活下去。」我想起電影《雕欄玉砌應猶在》的兩句獨白：「出生是沉重的負荷，需要原動力保送到終點。」

每逢星期六、日，圖書館提早休息，閉館前十五分鐘，我循例繞場一周，提醒各讀者打點行裝。這個星期六黃昏，休館前讀者還在影碟部流連，翻到影碟盒的背面，藉著陰暗的燈光細讀文字介紹。「因為壞疽，明天要到醫院切掉腳趾，過幾天又要移去膀胱，斬斷癌根，趁自己還可以走動，多借幾盒影碟觀看。」讀者的語氣中滿懷歉意，只令我更難過。剎那間我起了一個念頭，我總抱怨每個讀者只是一份電腦紀錄，為何不借這個機會打破成規，邀請讀者共進晚餐？為刻板的紀錄加添一點人性。轉念一想，讀者經常中風發作，倘若在餐廳裏，他又出了事，我並沒有受過急救訓練，應該怎樣面對僵局？意念孕育時總是美麗的，一旦想到執行，又顧慮到重重障礙。讀者辦過借碟手續，已經朝著電梯走去，回頭揚一揚手，我站在服務臺的另一邊，感覺背脊一股冷流，我想採取主動，只是要舉出的第一步，竟是這樣維艱。

原載《城市文藝》二〇二〇年四月總第一〇五期

手提兩個電話的婦人

用「家外的家」形容圖書館，都不過是廣告術語，招引早已放下書本的浪子重新回頭。讓我們把怨恨都訴諸史蒂夫·賈伯斯身上，自從他發明了手提電話，愈來愈多人沉迷於不著邊際的閒話和虛擬的網上遊戲，書本已經成為貼牆的傢具，倘若沒有人再看書，圖書館開門迎賓，又有甚麼意義？家起碼提供一書在手的安全舒適，如果常去圖書館，尤其是北美的圖書館，就知道圖書館是社區最不安全的地帶。一位女讀者可以做見證，那天她來到圖書館，本來握著手提電話，影印文件，隨後雙手捧著厚如書頁的紙張，到來服務臺向我借取釘書機，轉頭回去，擱在影印機旁的手提電話已經插翅飛去。出事後總會想到很多防禦措施，「為甚麼我這樣笨？一定要把手提電話放在掌心，一早把它放進手提袋裏，挽在臂彎，現在還好好地躺在那裏。」怨懟又從自己擴散到家人。「都是因為家中的寶貝女兒，要不是為了照顧她，也不會弄得我昏頭轉向。」滿口怨言於事無補，服務臺還有座枱電話，我替她撥號碼，看看手提電話可會在圖書館的一個角落響起，有跡可尋，接收到的卻是繁忙的訊號，權宜之計是請求警方協助追查，女讀者也同意，報案卻是一次迂迴曲折的過程，駁通到接線生，還要給她像足球般傳來傳去，既有所求，只好禮下於人。女讀者左手握著電話筒，本來耐心等待，猛然看見服務臺右邊還有座枱電話，又要求即時撥冗通知手提電話公司取消號碼。剛接通了電話公司，警方又有回應，女讀者雙手都握著電話，左右逢源，活像演出處境喜劇。向警方問了一句：「你們是否保證一定替我找回電話？」相信答案令她不滿意，她又向電話公司訴苦：「我很多個人資料都儲存在手提電話，一旦遺失，叫我怎麼辦？」幾乎要拿著兩個電話筒捶胸頓足，似處於精神崩潰邊緣的女性。

失竊事件只是長日裏的微瀾，圖書館的日子恆常是一泓止水，歲月靜不好，圖書館長又想到興風作浪。讀者日漸減少，說要追上時代，都讓路給科技，不惜拆掉大量書架，騰出空間安裝終端機，無疑讀者是增多了，心裏有數，三份之一的訪客到來，不是看書閱報，而是登上網絡社交，遇有阻滯，連忙把管理員從服務臺扯下來，倘若不能立刻治理科技的奇難雜症，回報鄙夷的眼光，倒忘記他們不是置身網吧及電腦專門店，而是傳承書香的圖書館。

那天一位讀者又揚手把我召喚到電腦前，說要打印三份電郵附件，其中一份是表格，印出來完整無缺，另外兩份只得指甲一般大小，這方面我倒有些微經驗，自從地球變作寰宇村，很多從其他國度傳過來的電腦附件，不知道為甚麼都遭到這裏的打印機歧視，印出來的文件都藏頭畏尾，我學會先進打印術，把文字檔當映像處理，本來萬無一失，這次卻失手了，連續兩次都不能把附件還原，「是不是我的電郵中了病毒？」讀者焦急地問。「不是不是，是版式又改變了。」我拿著滑鼠繼續試探，對方已經不耐煩：「都是我不好，那天打開了一份不明來歷的電郵，相信就是這樣中了招，我為甚麼要滋事八卦呢？」要不是讀者自怨自艾，我也認不出她就是失掉手提電話的女士，她既然心煩意亂，追問她是否已經找回手提電話，也不是適當的時候。她不斷低喃，也阻塞我的思路，再想不到解決的辦法，只好請另一位同事到來幫忙。「我的電郵一定是身中劇毒了。」讀者也向同事訴苦，沙啞的聲音一如壞了的電唱機，唱針只會在唱片上磨擦，找不到去路。在數碼科技的年代，黑膠唱片的比喻似乎有點落伍，人性的弱點卻是歷久常新。同事倒又沒有感覺干擾，小心看電郵的出處，立刻找到病源：「另外兩個附件只是政府部門的標誌，不用印出來的。」政府部門總是公事公辦，發出訊息後，懶得解釋，教人摸不著頭腦，彷彿玩猜謎遊戲，或者這就是官僚作風？「你真的肯定嗎？不是我的電郵有問題嗎？」縱使找來專家，讀者依然半信半疑，同事聳聳肩不置可否返回工作崗位，眼前又晃動那天她手提兩個電話的模樣，兩個電話都有名堂，一個叫健康，一個叫生病。

說到來圖書館的訪客只喜歡上網，當然有點誇張，色彩繽紛的虛擬世界裏，慶幸有人還想著意翻閱一本書。過兩天那位女讀者又駕臨服務臺，這次卻是要求我替她訂閱一本書，書名頗長，寫在白紙上像一條蜿蜒的黑線，正題中譯：《我沒有生病，不需要幫助！》決絕的語氣讓我想起女讀者近日的低喃。副題：《幫助嚴重精神病患者接受治療》，我抬頭望女讀者，心頭湧起一股悲情，與她並不熟稔，又不好說些安慰的話，只好默默遵從她的指示，這本治療師寫給家庭的實用指南，一個星期便從中央圖書館送過來，女讀者到來借閱，翻了兩翻面有難色：「我的英文程度不好，請替我訂中譯本。」遺憾的是這本書到目前為止還未有中譯本。臨走之前，女讀者又有要求：「如果你找到關於心理健康的中文書，也請替我訂閱。」花費工夫倒找到一堆科目與心理健康有關的中文書，大部份卻牽涉到抑鬱症，儘管女讀者有點神不守舍，倒不覺得她情緒低落，經過篩選，總算找到兩本比較普及的心理健康書，都替她訂下來。

下一次女讀者再訪圖書館，我忙不迭轉告訂書的事。「是有關精神分裂的書嗎？」女讀者追問。「精神分裂？」我有點詫異，從來沒有聽說她提起。「可別那麼聲張，我的女兒就在書架那邊。」她環顧左右，壓低聲音說。因為彼此有了共同的秘密，隔膜也就不攻自破。和我一樣，女讀者也來自香港，本來在民政署身任要職，大有前途。「那麼為甚麼又想到移民加拿大呢？」人總要把眼光放遠，一九七〇年代，女讀者的兄長申請移居加拿大，獲得批准，她也好奇地追隨過來，落腳站卻是曼尼托巴，一年起碼有五十多天下雪，這些年來，她有過在雪地上滑倒八、九次的記錄。「你既然是會計的專業人才，在加拿大應該很吃香吧？」實情是每當同事獲得產假，她暫時得到全職，其餘的時候都是當臨時工，有一段時間晚上還要當兼職，生了兩個女兒後，還成了單身母親。「怎麼會想到過來溫哥華呢？」大女兒嫁過來後，以為有個照應，誰知道她把全副精力都放在丈夫和兒女身上，妹妹有病也不理，一個包袱就這樣拋過來，讓她雙手承接。我忽然明白到女讀者為甚麼總是神經緊張，誠惶誠恐，臉上每一根皺紋都有了解釋。在服務臺的一盆花前，女讀者像寡婦彈情般訴怨，聽著我心頭湧起一陣唏噓，不巧另一位讀者捧著智能板過來向我求助，閒談暫告一個段落。也只能這樣，到底與女讀者非親非故，也只能陪她象徵式走一段路，送她到家門前便需止步，生活裏充滿轉折，一天內每個人都要面對多番挑戰，就像眼前一塊我不熟悉的智能板，我也要硬著頭皮嘗試替讀者解決困難。「我這個人精通數目字，對書寫文字就完全不敏感，看起書來頗感吃力，讀英文更像面壁，麻煩你替我多找這方面的中文書。」臨行前女讀者再三拜託。兜兜轉轉，似乎又回到書本，生活中無言的渴求，從未得到的土地，現在，旅行家航向前方，尋找，書本始終是我們可以乘坐的一條船，在圖書館我仍然可以找來書本幫忙讀者走出迷津，或者應該感到榮幸。

大概因為我有求必應，女讀者便把我當作穿黃衫的俠客仙翁，有一天她對我說：「照顧女兒之外，我也有很多空閒時間，你在圖書館工作，必定交遊廣闊，有空不妨帶一、兩位男性朋友上我家玩，我倒會燒得一手好菜。」聲音裏充滿無奈與企盼，我隱約看到長廊外一個倚閭等待的身影。想是站得太疲倦了，門前並沒有一張凳，她索性席地坐下來。

我突然體味到滄桑。

聽麥秋兩夕話

【陸離作為編輯按】：我們選擇了二月中旬來刊出《聽麥秋兩夕話》，有一個小小的理由。事緣「香港話劇團」在一月底公演了《公敵》，整個二月都要暫時休息，讓位給「香港藝術節」，直至三月初旬，才會繼續上演《鐵窗》。因此這篇談及「香港話劇團」的訪問記，事實上是出現於《公敵》與《鐵窗》之間，剛好。

【陸離作為編輯再按】：麥秋，本港著名劇痴，是演員，是導演，是編劇，亦是舞臺監督。他的正職是社會工作：在天主教明愛「樂協會」協助戒毒者康復。業餘兼任「香港話劇團」客座導演及「海豹劇團」基本導演。一月下旬「香港話劇團」上演了易卜生的《公敵》，導演就是麥秋。

易卜生的戲劇我其實看得不多，屈指可數的只是約瑟盧西的《玩偶之家》，然後就是麥秋的《公敵》。試用劇本比較，我還是偏愛後者，《玩偶之家》就像一個戰戰兢兢的人，拈到問題的邊緣連忙縮手，《公敵》起碼正視現實，明知問題燙手仍然拋來拋去，一八八二年易卜生在羅馬撰寫《公敵》，一九八一年「香港話劇團」重新排演，相隔幾乎一世紀，劇本經得起時間的考驗嗎？我們先看場刊的內容，這是一個關於衝突的故事，一方面史道民醫生發現渡假區的溫泉含有傳染細菌，提議改造消毒，另一方面市長哥哥不想驅散大量的遊客，改造經費也頗為巨大，劇本在提醒甚麼？我立刻想起史提芬．史匹堡的《大白鯊》，我無意指斥任何人盜取橋段，太陽底下本無新事，每日人們行走吃喝睡眠，然而差不多百年前戲劇大師振臂一呼，引起後人迴響，這就是戲劇可以永恆的一個原因吧。

第二幕結束前，史道民醫生決定到報社裏，發表一篇溫泉的調查報告，女兒目送父親離去，忽然半舉起右臂緊握拳頭說：「爸爸！好嘢！」《公敵》或有本身的瑕疵，然而在市政局贊助的舞臺上，麥秋敢於綵排一齣戲劇，針對官僚主義，探討議會政策，這份精神就讓我們心跳，我不是職業記者，對於戲劇也沒有深厚的認識，這次訪問麥秋，並不打算討論太嚴肅的問題，我只想走到他的面前，半舉起右臂緊握著拳頭說：「麥秋！好嘢！」

第一夕——

第一次見面安排在「藝術中心」十五樓，稍後麥秋要到八樓出席「海豹劇團」的聚會，距離《公敵》上演的日期不遠，麥秋又要出任另一齣戲劇《人等於人》的舞臺監督，可見他對話劇的狂熱。

就讓我們先從「香港話劇團」職業化說起。

以前做導演要兼顧很多製作上的籌務，麥秋對「香港話劇團」的進展當然很感滿意，它真的邁向一個專業的劇團制度。至於舞臺上各種技術，也有條件提供人才與錢財，提到演員，因為有十五個全職人員供導演調配，排戲時便容易召集，對他們的表演也可以要求高些，最有利的條件，還是一個屬於自己的劇場，可以騰空兩天出來搭佈景，做技術上的綵排，讓話劇成為一個較完整的舞臺表演。

我一共看了《公敵》兩次，第二次的演出效果較佳，第一晚我發覺部份演員唸臺詞不夠通順，關於職業化演員吃螺絲的現象，導演應該怎樣處理？

麥秋也是演員，他很理解演員的心理，他不縱容演員，而是實事求是。香港的排練場只有舞臺面積的一半，第一晚演員對於舞臺上的走位難免陌生。通常戲服要到公演的晚上才能集齊，演員不習慣穿新衣服也會引致口吃，另外舞臺上的傢私讓演員坐得不舒服，道具未能得心應手，對演員運用中氣也有影響，麥秋認為職業化的演員上到舞臺還不熟讀臺詞就不能原諒，但事情總有兩面，他希望我們能向觀眾傳達一個演員真實的感覺。

算起來，「香港話劇團」已經公演了四個劇季，我們先看麥秋的導演年表：第一季——大難不死；第二季——浮士德博士的悲劇；第三季——聖女貞德；第四季——公敵。我們難免錯覺麥秋偏愛古典戲劇。

「倒不如說第一季的《大難不死》是很現代的美國戲劇。」麥秋提醒我們。

「其實我的興趣並不限於古典戲劇，嚴格來説，我反為不大喜歡排演古典自然主義的戲劇，因為我要考究很多東西，與我疏懶和喜歡創造的性格不大吻合。我導演的幾部戲劇風格都不同，但有一個共通點，它們都是針對人性的缺點，我喜歡與觀眾一同細細回味做人的道理，看別人的故事從而警惕自己，想想這些存在的問題，你和我有甚麼責任改善過來，其實百多年前的主題在今天可能一樣新鮮，我喜歡這類素材，並不只是因為古典的緣故。」

以前麥秋執導過《群鬼》，今次排演《公敵》，是不是比較喜歡易卜生？

麥秋並不否認，還補充了《雷雨》和《聖女貞德》兩齣戲劇都深受易卜生影響。事實上麥秋的戲劇一直環繞著社會戲劇的路線，看時代怎樣影響人物，人物在時代夾縫中，怎樣適應或被淘汰。可能麥秋同時從事社會工作，思想較為接近易卜生，但他強調自己處理易卜生完全是自然主義加上舞臺真實，絕對不是自然主義加上生活真實，麥秋要在舞臺上自由地反映易卜生的時代，就以《公敵》為例，除了語言是廣東話，現代術語不多，聽起來還是有些翻譯的味道。

第二夕——

後來在明愛「樂協會」，我再次訪問麥秋，話劇之外，他果真每日從事戒毒者康復工作，他的辦公室設備很簡陋，因為已有七十七年的歷史，聽說這裏曾經是一間醫院的停屍房，而麥秋經常在裏面工作到夜深。

我請麥秋介紹《公敵》的時代背景。

在《公敵》裏，麥秋盡量捕捉百多年前挪威一個小城的氣氛，當時人民多以務農為生，思想較為保守，文化與政治氣候並不熾熱，後來一小撮覺醒的知識分子曾到外國謀生，把西方文化帶回去，值得驕傲的是挪威仍然保留傳統的文化寶藏，作家並沒有把文學新潮硬代入自己的文化，新思想只是刺激他們的創作意圖，帶起一種積極的風氣，影響行動不是影響內涵。

《公敵》是一齣社會問題劇，有時卻很注重喜劇效果，特別喜歡用口頭禪引人發笑，譬如畢寧的「扼死我」，柯立新的「做事要有節制」。但是我跟麥秋說，初聽的確有趣，甚至希望它再出現，聽多了便覺得煩厭，或者這甚至是《公敵》的一個瑕疵？

麥秋解釋：「我從來不喜歡在社會問題劇裏渲染喜劇效果，第一風格不夠統一，第二題材沒有誇大必要，《公敵》在這一方面如果給人過份的感覺，可能是演員個別表演的問題，或者觀眾過於敏感。我認為《公敵》只是一齣性格悲喜劇，場面施施然，人卻看得黯然。第四幕我甚至用霧笛襯托悲情。至於你的舉例，正好說明我的心意，如果我故意製造喜劇效果，一定適可而止，不會讓演員一直講下去，引人反感。我沒有刪改，因為易卜生就是想用口頭禪來強調人物的特色。」

我們不能忽略《公敵》的優點，請看場刊，紐約克遜劇院安排第四幕的群眾坐在椅上像看電影，「香港話劇團」的群眾則散佈在舞臺前方，麥秋用表現主義的手法排演一齣自然主義的戲劇，刷新觀眾的耳目。

「我有兩個配合劇情的暗示。」麥秋拿出場刊試作比較：「那班人在玩政治，口口聲聲說平等，其實他們只是把群眾當作應聲蟲，把群眾捧高只是一種利用手法，我要群眾像地底泥般散坐在地板上，有身份的人則有張椅坐，很明顯便有階級劃分。另一個暗示，我要那些群眾落地生根，他們黏在地上，不會有甚麼轉變，只是盤踞在自己的位置兜圈，從未起立離開本位，一直坐在原地發聲和反對，因為群眾的活動能力畢竟有限。」

我有興趣追問其他幾幕的意象。

在第一、二幕裏，麥秋要我留意露臺，市長踏在上面就像站在講壇演說，青年走到那裏説理想，就像一些浪漫的白日夢。露臺也是讚美大自然和遠眺的地方，表明醫生只是晦氣不是失望。

《公敵》的另一優點是導演手法細膩，在最不見導演功夫的場面接受考驗，例如在第四幕，麥秋説群眾的性格分為六種。粗心的我聽得目瞪口呆。原來群眾的聲音分別有第一行、第二行、第三行、小朋友、另一人和醉酒鬼，如果得個吵字就不好看，不像排演易卜生的戲劇。麥秋有時安排左面的人拍掌附和，或者第一行和第二行交流，然後幾個人發言，另一人又會針對醉酒鬼，而醉酒鬼自説自話，混亂得來有秩序有編排有操練。

麥秋説自己選了何偉龍飾演史道民醫生有點出人意表，何偉龍的外型似比盧偉兒大，他被安排飾演盧偉兒的弟弟卻又恰到好處。但我始終覺得他唸對白到激動時會變得像説英文，這應該算是《公敵》的優點抑或瑕疵？

麥秋沒有後悔，他認為何偉龍是個很有內在潛質的演員，包括聲線和氣質，他的身形和盧偉兒配戲天衣無縫。盧偉兒的市長在外型上一定要高過他，表面看來氣勢也就蓋過他，醫生卻有一股內在的志氣要衝上來。另一方面，史道民是一個田園醫生，不注重修飾，粗豪中帶有靈活體態，氣宇間流露大自然氣息，何偉龍完全掌握到，很多對白都能夠用精鍊的聲音和表情表達，也了解對白的節奏感。

麥秋不自覺向我細說每一幕的特色，我隱約明白他導演《公敵》的意圖。他特別關注場面調度和演員掌握情緒兩方面，他不想讓《公敵》流為悲劇，也沒有站在史道民醫生的一邊，醫生被人欺侮也會深深懷恨，不似聖人般寬恕，麥秋只想指出，在人性的社會裏，大家喜歡挑剔游說博取同情，知識分子特別喜歡爭辯，那一方面勝出只是天時地利人和的配合，至於政治，就是這樣一場骯髒的把戲。

訪問之前，麥秋說他看待話劇就像一次愛的過程，通常他會遇到一個劇本，細讀之下愛上了它，想到珍藏，閒時再三咀嚼，恍若兩情相悅，然而事情並不止於此，愛到一個階段，他會想到把劇本帶上舞臺，著意修飾一下，與人們一同分享，這時他又像送兒子上學校，愛情之外附加親情，感情更趨複雜美好。我看《公敵》，偶然撿拾一些精警的對白，喜歡火爆場面背後的溫情，然後麥秋拿出舞臺設計草圖，細心解說每一件擺設的用意，加深我對《公敵》甚至話劇的認識，我彷彿在聆聽一個愛情故事。

麥秋只是「香港話劇團」的客席導演，他存心要搞好「海豹劇團」。「海豹劇團」名稱的由來，出自奧尼爾的《長夜漫漫路迢迢》。話說有一晚大兒子詹美嘲笑父親，說他以前在劇團的功夫就像海豹的雜耍表演，只不過為博取幾條魚吃，觀眾沒有叫好，牠們自己拍掌。但是「海豹劇團」並不疏懶，繼三月排演布萊希特的《人等於人》，五月又會演出兩齣獨幕劇，包括懷爾德的《快樂旅程》，八九月間甚至會公演張愛玲的《傾城之戀》，麥秋擔任導演或者舞臺監督。

至於創作劇，目前麥秋空閒的時間不多，無暇兼顧，他只希望多上演世界名劇，吸收編劇技巧，他仍然建議有關方面能提供更多機會給創作劇上演，讓喜歡劇作的朋友得到鼓勵。本來我想追問荒謬劇的發展，後來知道麥秋在這方面興趣不大，他反為樂意用抽象的表演手法訓練演員的反應，我也不再滋事。雖然到目前為止，海豹似乎只熱衷於水球的玩意，他起碼提供了多種賞心悅目的花式，如果急著要看踩綱線的動作，請先到鸚鵡小劇場。

原載《香港時報》「文與藝」版一九八一年二月十五日至十七日

盜碼賊的靈圖——呈獻陸離

亞倫圖靈衣冠不整，騎著單車，戴著防毒面具從泰德格·特弗瑞德著的青少年讀物《亞倫圖靈：電腦年代的建築師》滑出來，我雖不致一見鍾情想到色誘，也想走上前去握手言歡。一切只能用一個「緣」字解釋，要是我初讀的是安德魯·哈吉斯的短文《亞倫圖靈導引傳記》，可能又當別論。圖靈本來對量子力學有興趣，機率學的貢獻為他在一九五三年贏得英皇書院的獎學金，其後兩年，他發表著名論文《論可計算數及其在判定問題上的應用》，發明用紙帶操作的圖靈機，又發表黎曼猜想。二次大戰期間參與密碼分析，化解「德國迷機」的訊息，戰後在倫敦附近的國家物理實驗室，更提議自動電子計算機，為今日的電腦和人工智能鋪路。冷戰期間，他不止發展形態遺傳理論，更詮釋量子力學。圖靈從量子力學出發，繞了一個大圈，又回歸量子力學，足跡畫出一張靈圖，讓支支紅旗點綴迎風招展，倘若我先入為主，一眼望過去，最多脫帽致敬，也不致窮追難捨。

西方人動輒用「瘋狂」兩字與科學家掛鉤，不由分說把他們關進瘋人院裏，實在帶有六月雪的冤情。其實科學家只不過比平常人更加埋頭苦幹，也就不拘生活上的小節。一九四〇年的夏天，圖靈踩腳踏車經過 Shenley 時頭戴防毒面具，只因為他患有鼻敏感，借面具濾清田間雜草散播的花粉，就像他一見血會暈倒，總不能掩耳盜鈴，早上惟有勞動電鬚刨，刀片生鏽，腮幫子留著刮不掉的鬍喳子，臉容看起來帶點陰森，也是無可奈何的事。聽說他上班時喜歡拿睡衣當恤衫穿，西方人平時賦閒在家也是衣冠楚楚，睡衣似乎是裸體的代名詞，裸睡一派更視它為桎梏。香港人則把睡衣當作身體的一部份，早上起來想上街買份報紙看，五分鐘時間懶得換衣服，睡衣也就如影隨形。下班回家，第一時間換上睡衣，算是擺脫繁文褥節，圖靈穿睡衣上班，其實頗接近香港人的心態，貪圖舒適，思維或者更加暢順。他又隨意用繩勒緊褲頭，市面上出售的皮帶，隨著時裝設計師心血來潮時寬時窄，圖靈拿繩當褲頭帶，乾手淨腳擺脫束縛，不用被潮流牽著鼻子走。至於他把日用的茶杯，用暗碼鎖繫在散熱器的管道上，也是逼不得已，共事的一只「大頭蝦」，對他的茶杯特別垂涎，又不體諒他身子弱，容易受細菌感染，鎖著茶杯免傷和氣。上中學後，理科有如爪哇國的語文，生吞活剝圖靈的科學貢獻，只會令我消化不良，倒不如用放大鏡檢視生活瑣碎，反為看出一點道理。張愛玲說得好：「人生的所謂『生趣』，全在那些不相干的事。」圖靈天生神經質的口吃，笑時聲音提高八度，都是改不掉的現實，他倒會化沮喪為咆哮，轉瞬間部門裏受過職業訓練的男解碼打字員，一個個被徵召入伍，眼看重要崗位花果凋零，他一聲怒號，跳過指揮鏈，去信給邱吉爾，難得當時這位首相分享他的視野。在大機構服務，戰戰兢兢只會鬱鬱不得志，圖靈一念之「差」，卻闖出一番事業來。

也不用等到成長，圖靈小時候的成就已教人嘖嘖稱奇，他自己在三星期學會閱讀，愛上的卻不是字母而是數目，看在別人眼裏像纏腳布的號碼組合，他愛不釋手。喜歡看地圖更教會他見微知著，從蜜蜂飛行的交匯點可以估計到藏蜂蜜的所在，參加校際地理測驗，成績遠勝哥哥。才十二歲半，已經懂得看百科全書研究有機化學，從方程式看煮食的碳酸納怎樣轉化為肺裏的二氧化碳，聖誕節接到的最佳禮物是試管和細頸燒瓶，幫助他釀製惡臭的化合物，他本來對氣味敏感，教堂裏的香火就令他裹足不前，實驗引起的烏煙瘴氣，卻如日常慣吸的空氣。平時他可能脾氣暴躁，做實驗時倒又會抽絲剝繭，找出問題的痴結，選擇合適的方法瓦解，對毒藥特別感興趣，孜孜不倦觀察它在不同的生命形體運作時，怎樣影響生理系統，冥冥中敲響自己的喪鐘。我們都知道他點燃電腦的花火，卻不曉得他在生物化學的貢獻也移山倒海。然而，就算天賦奇才也未必十全十美，串字和文法總把他難倒，又左右不分，歷經多年才運算出長除法，再要苛求，球類也不精，人緣又不好，甚至給同學塞進字紙簍裏當波踢。未夠十一歲時設計的自來水筆，就是失敗記錄。生命裏總有一些微妙，阻止人成為神。聽說莫札特小時候學算術，桌椅、牆和地板都滿載他用粉筆寫的數字，《莫札特：一生》的作者梅納德．所羅門甚至提到他令人啼笑皆非的生活態度，例如他喜歡玩遊戲、猜謎、語帶雙關、猥瑣、急智、傾慕怪誕行徑，我就想拉攏他與圖靈認兄弟。然而莫札特小時後的叛逆，是在父親認可範圍之內，不像圖靈的雙親山高皇帝遠，可以理直氣壯的為反抗而反抗。這樣說時當然不是有意貶低莫札特，只想指出他的靈性展覽在音樂造詣，少年圖靈其實更像《四百擊》裏的安坦但奴，無疑圖靈恃才傲物，有別於但奴時不我與，兩人卻共同面對「一段必須渡過的艱苦時光」，欲哭無淚的境況，都不是兩人的年齡可以負荷，滿腹心事，只能向大海啞訴。

慶祝但奴雙十年華，杜魯福寄上《二十歲之戀》的一個片段，一張兼備幽默、辛辣與寬容的賀卡。圖靈比較幸運，十五歲時白馬王子已經翩然而至，大名是基斯杜化·牟康，比圖靈長一歲，因為同是喜愛實驗室的臭味情投意合，在這裏用一個「情」字要加倍小心，牟康始終是異性戀者，與圖靈也沒有肌膚之親，又不得不承認彼此有「情」維繫。一段情改變了圖靈，從此他比較注重儀表，書寫比較清晰，擴闊社交圈子，開始品味古典音樂，最重要是他學會尊重自己，建立信心，卸下性格裏的防禦性與攻擊性。學業進步了，父母第一次以他的成績表為榮，把他當做家用的百科全書，解答家人對科學的疑問，內在想要競爭的本能甦醒，他練習賽跑，又開始對天文學感興趣，以前天文學家觀察銀河系，認為速度與距離成正比例，圖靈時代的科學家得到愛恩斯坦撐腰，否定這個理論，發見宇宙一直在擴張，這個概念很令圖靈興奮，意會到其他既定的科學觀念同樣可以擴張，竟對銀河系的星宿迷惑起來，用燈罩自創了一個佈滿星宿的銀河系。好花不常開，才不過三年光景，肺病便把圖靈一生至愛奪走。牟康生前，圖靈說過牟康令其他人顯得平凡，牟康去後，與母親通訊，他寫著：「除了牟康，我再不打算與其他人結交。」失戀並沒有妨礙他繼續探求科學知識，遊說牟康一家設立牟康獎後，他就兩度獲獎，畢業時，因著數學方面的成就，他又贏得英皇愛德華六世金章，順利進入劍橋。情感撲空後卻無法彌補，二十一歲初試雲雨情，事後他向對手宣佈：「你想上牀，也是一廂情願。」以後在酒池肉林裏，他巡遊男體，也如過盡千帆，當時得令我們奢言衣櫃，在二十世紀三十年代，圖靈根本不知道衣櫃存在，只在情色地圖上迷失了自己。「一輪明月照高樓，萬頃銀光冷悠悠」，上海越劇有才子玩性別倒錯的遊戲，陰差陽錯寄寓在心上人的閨房，將錯就錯拜託畢春芳代唱試情的好歌。圖靈熱切渴求正常生活，一度也反串異性戀者，試探自己的真感情，對象是鍾．奇麗，原本是研讀植物學與數學的大學生，二次大戰期間充當密碼分析員，與圖靈因為奕棋相識，後來教曉圖靈用費波那西數列認識植物結構，令圖靈傾心，想到終身托附，最後圖靈臨陣退縮，有人說是因為畏懼，然而寂寞終老其實更是可怖，圖靈只不過勇敢地忠於自己。

多年來圖靈依然死性不改，近乎達到天真可愛的程度。他與十九歲的小偷亞諾藕斷絲連，英國警方認為有傷風化，把兩人拘捕，圖靈描述自己候審時的心情，一貫玩世不恭的態度：「聆訊那天不可謂不稱心，我與其他囚犯同被拘禁，感覺像返回學堂，有種不用負責任的寫意，獄卒一如風紀隊長。很高興見到我的同謀，儘管我一點也不信任他。」然而現實就在眼前，法官給他兩條路走，或是監禁三百六十五天，或是守行為一年，其間必須接受藥物治療，他選了緩刑，可說是一生中最不明智的抉擇，他被逼口服大量雌激素，希望可以讓性趨向轉呔，卻等於化學去勢，令他喪失性能力，胸脯無端腫脹，心理方面他也萎靡不振，因為身心同受摧殘自我憎恨。一九五四年六月一個下午，管家發覺他倒卧牀上口吐白沫，牀頭櫃上放一個吃了一半的蘋果，內注有氰化物，一直以來他對毒藥產生興趣，最終卻拿自己的身體當實驗室。圖靈正職是科學家，但丹麥哲學家齊克果在《非此則彼》一書裏寫詩人的一節，也可以獻給圖靈當悼亡詞：「詩人是個不快樂的傢伙，內心被秘密感受的痛楚撕碎，嘴角奇形地扭曲，嘆息與哭訴從中溢出，聽來像美妙的音樂……人群圍繞詩人，對他說：『不久的將來再為我們歌唱啊！』倒不如對他說：『希望更多痛苦煎熬你的靈魂。』」圖靈嬉皮笑臉，我心動，我神傷。

陪圖靈走到生命的盡頭，我有點依依不捨，記得張大春導讀安伯托·艾可著《傅科擺》中譯本，提到「它有太多的地方簡直像極了數學、物理學、神學、史學、政治學乃至曆法學的論文」。圖靈集數學、物理學、天文學、生物學、植物學、化學的大成，其實也像一本書，卻沒有論文的晦澀。《花生漫畫》的查理布朗每年春天步上棒球投手的小丘時，總有一份奇異的感覺，一份全新的感受，明年就讓我重讀圖靈的傳記，看看可有全新的感受。

為「香港藝術中心」圖靈展覽而寫二〇一二年六月十三至三十日

天空咖啡座

口齒笨拙幾乎是我身體上的缺憾，成了社交的絆腳石。年輕時在香港，偶然一兩次承蒙名士邀約飯局，大家圍坐圓桌，輪流說俏皮話，別人七嘴八舌妙語連珠，我總找不到插針的機會，幼時受過庭訓，別人未說完一段話突然插嘴，會給父親賞一記耳光的，等到大家唇乾舌燥喝一口茶，話題早已划得百丈遠，舊事重提又覺意興闌珊，只好繼續保持緘默。坐在飯館的水晶燈下，倒覺得自己置身暗夜的街道，一部部公車疾馳而過，總是追趕不上，認命之後安步當車，名士見我走得辛苦，飯局再沒有下次。

幾乎把自己描繪成阿德勒口中的「自卑感情意結」病患，實情是我依然享受二三知己把杯言歡的情趣。近年的美事，要數與韻文女史的巧遇，彈指已經五年，卻因是賞心樂事，始終在舌間縈繞。

只不過在臉書張貼小品文，試析她在短篇小說集《小心》裏採用的歌曲怎樣寄託人物的心聲，居然收到她的電郵，真是意外收穫。她以為我是失散的一位音樂同好，在唱片公司幹活，有時投稿到報章介紹音樂，韻文女史去唱片公司選購的時候聊兩句，也就念念不忘。那還是黑膠唱片流行的年代，經過鐳射 CD 的轉折，近年又像澳洲土著的回力鏢，擲出去又飛回來，知音卻沒有回轉。抱歉的是我純粹濫竽充數，借別人的音樂抒發自己的心懷，完全談不上是內行。有趣的是，韻文女史後來回港主持一個編劇講談節目，終於與音樂同好團聚，又覺得不是那回事，反為與我因誤會而結識，卻又交往下去。

當時韻文女史還未開設臉書，已經有分享的雅興，傳來一張紅蟹照片，說正在籌備出一本長篇小說《有鬼用》，看俏皮的書名已經知道內容與冥府通靈，她打算用來做封面。韻文女史近年的嗜好是旅遊和拍照，每到一個新地方，景象觸發靈感，隨手的相機像應聲的侍從，把她的心思珍藏到零件的後倉，有一次她還因為追逐一個鏡頭失足，可說是為藝術而犧牲，她醞釀出攝影集，希望終能成事。說回紅蟹，伸鉗張爪，危危乎橫跨在兩片巉岩間，果然像一滴血貫串陰陽。我無以為報，剛巧在網上看到一張孩童照片，天真中帶點蠱惑，愛不釋手，即管傳給她看，想不到正中下懷，她收進手機裏，閒時翻出來細詳。

已經多少年了？韻文女史在電臺主持音樂節目，更深人靜，用低柔的聲韻，提醒聽眾一些好歌的存在，無眠的夜晚，我偶然收聽，這就著了迷，卻不習慣正襟危坐挨更抵夜，惟有把收音機放在枕畔，半睡半醒承教，眼皮偏不爭氣，聽不到一半便呼呼入睡，醒來時偶爾前緣再續，更多時候雙耳只兜接到風中微弱的音波。當然，現在韻文女史若果考問我一些樂曲，我也只能回報她以空氣。韻文女史有別於一般唱片騎師，不會口甜舌滑說不著邊際的話，強借流行榜的樂曲敷衍塞責，她有個人品味，不肯遷就聽眾，初聽她選播的歌曲，或會感覺晦澀，再三咀嚼卻嗒出味道來。試用現代的術語形容，她不肯為幾個 like 折腰。至今我銘刻在心，就為這份風骨。說起來，在樂曲之前附加的按語，其實才是主菜，未曾點唱，話裏面已經有歌。這麼多年後回想，腦中只盛得一隻空碟。不要緊，翻看她在一九七〇年間出版的《韻文集》，重讀「各有所思所屬」、「爛筆．舊襖．破靴」……那感覺又回來敲響我的湯砵，為她伴奏。

從收音機走到電視臺，是否一條必經之路？那段時候，聽說編劇是藝員訓練班的一個環節，韻文女史卻從來沒有修讀甚麼編劇課程，翻了幾本紐西蒙的劇作，金句便從她擺佈的演員口中吐出，她的角色不是發動兩性戰爭，更像玩捉迷藏，有理說不清，然而愛情根本源於人內心的混亂，她就曾說過：「……女人的消沉，難有人明白。強要人明白的話，好比在夜裏，瞪眼求睡。」意亂情迷都給她捕捉到了。

話也不一定說十足，欲言又止，猜測中自有韻味。細想卻又沒有太多詫異，以前她在電臺講播，不是每多點到即止？電視臺的精警對白，不過是她在電臺天賦的延續，以後在單元劇和連續劇的片頭，看見編劇一項打出她的名字，我便乖乖的搬一張椅子到電視機前。韻文女史已經不再編劇了，看一些新進編導的作品，仰息間依然流露著韻文女史筆尖的語氣。

陰差陽錯，我們都流落在加拿大，然而分隔東西兩岸，甚少面會，多是神交。她傳來音樂片段，再在電話諄諄善誘，我舌尖舔唇，回味昔日的風華。她的臉書終於新張大吉，傳來新作，請我指教，真是愧不敢當，順道又傳來莫里斯．拉威爾的《鋼琴協奏曲》，一板一眼的琴聲琮琤過後，是長笛的和應，音樂襯底，我打開她的文稿拜讀，節奏也是徐緩有致，拉威爾彷彿為她的語句添香，我只顧陶醉在文字裏的詩意，竟然忽略了她的苦心。文章裏她提到「……岸邊見側立的小教堂，疲白的外表瑟縮，那裏面的舊木長凳屈指可數吧。傾斜屋脊上豎立的十字架，幽幽遙撐住我的盼望。」原來是為近結尾的「吾夫……健康滑坡」做好準確，全靠她提點，我算是上了寫作的一課。

她又計劃在臉書轉載我一個短篇的片段，囑咐我找音樂配合，我在Youtube 翻到加布里埃爾．佛瑞的作品七十八《西西里慶婚舞曲》，大提琴與鋼琴的對答，倒適合小說裏父子的唱和，登時收進檔案，伺機傳給她，當晚她卻傳來同一樂曲，問我可喜愛。人際間的靈犀不易求，遇上了可以像煙花盛放。以前電臺流行天空小說，到時到候廣播，瘋魔萬千聽眾。電話鈴響，計算時間，知是前輩打來，飄飄然我彷彿進入天空咖啡座，端一朵祥雲當梳化椅，坐下來聽她細訴。

原載《大頭菜文藝月刊》二零二一年一月總第63期

溫柔圈兔

三隻家兔之中，要數灰姑娘最活躍。一個子夜，兔主人從睡夢中驚醒，聽見廚房傳來砰砰嘭嘭的聲響，疑心饒舌歌手不請自來開個人演唱會，趿上拖鞋要從卧室走出去干涉，廚房裏漆黑一片，並無人影晃動，灶底是灰姑娘的芳居，也不見蹤影。報警前先亮燈，地板堆滿鍋碗瓢盆，似乎有打架的跡象，即管俯下身看，灰姑娘悄悄地躲在底下的廚櫃，有心與兔主人玩捉迷藏，猶幸沒有驚動警方。以後兔主人便在廚櫃的門橫加特長木板，恐防灰姑娘再動口動手進去尋幽探勝。人住的地方到底不宜家兔安身立命，兔主人特地在廚房的入口加建欄柵，禁止灰姑娘跳出客廳，晴朗的午後倒會放牠到後花園吃草，平時灰姑娘的活動範圍就限於廚房，兔主人明知道牠的委屈，專誠買來塑膠鎖匙和撥浪鼓供牠戲玩，蘋果樹削下的嫩枝，牠最鍾愛，經常銜在嘴間。灰姑娘不甘寂寞，每見兔主人在客廳出現，便攀上欄柵弄出聲響引他注意，兔主人在廚房準備膳食，牠總是圍繞腳下，更用嘴輕咬兔主人的褲管，兔主人收養的家兔，不是天生殘障就是身患頑疾，灰姑娘是例外，對於小動物來說，身體健康就是幸福快樂的極致。

說到灰姑娘，一目了然知道牠的色素，綽號甜豆的家兔，就有點擾亂視聽，以為草色入簾青，卻是棕耳白毛。甜豆的左眼淡藍中完全沒有瞳孔，較小的右眼像黑痣深嵌在眶裏，難道兔主人覺得牠目光如豆？牠倒是天生全瞎，千萬別把牠從兔籠提出來，只會踢手踢腳拼命掙扎，不是拒人於千里之外，而是沒有眼睛也就沒有平衡感，一離地心慌意亂。失去視覺，甜豆的聽覺和嗅覺倒是份外靈敏，嘴邊的觸鬚也預告牠的安危，兔主人依然不敢輕慢，為牠度身訂造有鐵絲網和站腳的兔籠，加入貓尾草供牠咀嚼，膠盤放上木顆粒充當洗手間，就是甜豆入住的五星級酒店套房，客人看見甜豆終日在兔籠追趕跑跳碰，只覺得牠置身人間樂土，不知道牠活在一個完全黑暗的世界，只憑觸鬚認知自己的存在，生命就像天羅地網，一撒下來就不輕易擺脱，沒有意義可言，身為兔子，惟一本能就是我要活下去，寄望人世間的善意，可以扶牠一把。兔主人最大的挑戰，還是每天要為牠滴三種不同的眼藥水，兩者處於戰爭狀態，等到甜豆乖乖就範，兔主人總賞給牠一顆葡萄乾，廚房裏的灰姑娘看在眼裏，也要分一杯羹，猶幸兔主人沒有把牠們放在同一兔籠，不然隨時招致姊弟鬩牆，既然灰姑娘的眼睛容不下一顆葡萄乾，爭風吃醋豈止是宮闈電視劇的專利，人一旦感到超然地位受到威脅，隨時作出乖張的反應，物競天擇似乎也是小動物的信條。

兔主人剛提過客廳不宜養兔，轉頭在鐵絲籠底墊上橙色綠色毛巾，在客廳一隅收養燻肉，算不算自打嘴巴？然而地方淺窄，家居充當動物收容所，他也沒有其他選擇。燻肉在貓尾草堆品嘗人間滋味，猛然發現自己暴露在眾目睽睽之下，慌忙避到一旁，棕色的皮毛下，紅唇還在微微噏動，似在反芻。燻肉本來與生菜、馬鈴薯形成鐵三角，是大戶人家的寵兒，猝不及防燻肉誕下了十八個麟兒，嚇壞大戶人家，一夜之間頓成棄婦，兔主人猜測牠可能自慚形穢，然而害羞不是家兔的天性嗎？活潑一若灰姑娘，驚見陌生人，連忙躲閃。恃寵而驕的我們通常稱作門口狗，灰姑娘倒是名副其實的門口兔，兔主人對三隻家兔可是一視同仁，用同樣的兜砵盛歐芹、芝麻菜、生菜、蒲公英，加入草莓和藍莓，就是每日一頓貓尾草以外的美點。燻肉胸膛內有腫塊，壓迫肺葉，導致呼吸加速，每天需要服藥舒緩，冷硬的藥片塞進嘴裏，隨即吐出來，香蕉是家兔喜愛的食物，兔主人在熟得發黑的蕉皮裏削下一片肉，混入藥片搗碎，攪拌成漿糊狀，爊肉也就甘之如飴。聽著我緬懷晚年返老還童的亡母，一到餵藥便要出盡八寶，兔與人竟有共通點。

既然涉及飲食，兔主人細數各類蔬果，卻聽不見他輕沾胡蘿蔔的尖，難道他忘記了家兔最喜愛的食糧？兔主人啞然失笑，我們都中了卡通片的毒，在電視熒幕上看見賓尼兔終日手不離胡蘿蔔，以為家兔獨沾一味，其實除了胡蘿蔔頭，東方小人參並不補身，姑且引菲奧娜為例，受少主人寵幸，終日餵飼胡蘿蔔，不為意家兔生吃胡蘿蔔，只會令到牙齒糜爛口腔發炎，菲奧娜多啃胡蘿蔔，引致下顎大量慢性感染，還有某種程度的敗血症，兔主人接手，與獸醫共同照顧，依然未能挽回大局，菲奧娜終告香消玉殞。客廳的方桌擺有黑色的骨灰盒，像小小的棺木，盛載菲奧娜火化後遺留的舍利，旁邊一塊石板印有牠的爪痕，更有河邊石描畫音容，牆上還有遺照，附有牠脱落的皮毛，兔主人對家兔果然刻骨銘心，不是茶餘飯後的消閒玩意。

青年時兔主人在動物收容所當義工，遇見一隻人喚「魔法」的黑耳白兔，每次看見他來，便在兔籠奔跑跳躍，把鼻子伸出鐵絲網想與他擦鼻，「魔法」體積只有手掌大小，義工提議他領養，説了多次他就心動，甫抵家門，不出一年，「魔法」名不虛傳，似變魔法自動膨脹，後來兔主人還要為了牠搬家，都是天註定。兔主人嫌英瑪褒曼的電影令人沮喪，也懶得捧讀喬哀思的《優力棲斯》，自謙頭腦簡單的人喜歡一字顯淺的事，養兔似是圈套，明知道感情走單程路，歡喜夾雜憂傷，心底一陣溫柔，也就欣然踩進去。

原載《蘋果日報》名采版「客座隨筆」欄二〇一九年九月八日

如今七十九

「在報章上讀到友人榮任溫沙市行政官的消息，為公為私，感到一陣鼓舞。年前友人退了休，旋即遭遇婚變，消沉了一段時日，半年前他應徵行政官的職位，如今試用期滿，扶搖直上。

友人五十七歲，在很多人心目中，已是垂暮之年，應該養尊處優，安享晚年。一本通書也不能看到老，固然攜眷周遊列國，仿傚閒雲野鶴，是最美滿的安排。然而友人靜極思動，選擇開展拳腳，也不能怪責他自討苦吃。今次友人東山再起，也是為勢所迫，是家變造就了他的雄心，想向全世界證明自己仍然精力充沛，他也有意為社區出一點力，最近就在家居附近再買了地，實行把溫沙市當作家園。難得是他肯付出，社會也樂意接納他的奉獻，讓他經歷事業的第二春。

想到人生充滿可能性，我雀躍莫名。」

柏拉圖在《蒂邁歐》篇提供人的形象，有如一株倒懸的植物，根鬚深入天國。人與植物同聲呼吸，有生一日還未枯萎，都有繼續生長的契機，存心向上發展，惟有蓋棺論定，人（與植物）才化為童話與神話，超越歷史，指向真實，這個真實甚至與事實無關，蘊含內在的意義，正如路德維希．維特根斯坦與西蒙娜．韋伊異口同聲地說：「生命的好在事實範圍以外。」宇宙由無形的力量駕馭，有時候也不用做得太多，默默等待，穿過時間荒原，驀然回首，風景已不一樣。翻閱舊報紙，重讀一九九七年十一月十日星期一我在《明報》加東版「無心的約會」欄發表的一篇短文〈人生五十七〉，發覺資料已不齊全，就像向讀者報導一個旅遊景點，然而在急促發展的大都會裏，隔了不久，樓房已經拆卸，改建為另一幢建築物，一篇文章，可以是妨礙生長的籬笆和磚牆。我想起每年八月六日的主顯聖容節，基督在三個門徒面前神秘莫測的改變面貌，在這裏當然不是拿友人與基督相提並論，只是生命的變化多端，冥冥中就有點宗教的意味。

老之將至，就像行走在荒山野嶺，前面拋來一片迷霧。西蒙娜·德·波伏娃特別強調老年難以預料，「因為我們一直視它為異形，天外來客。」湯顯祖在《牡丹亭》的兩句唱詞，又可以用來反駁：「不到園林，怎知春色如許？」二十多歲時，在任職的銀行與一位三十五歲的同事談得頗合攏，他心想擢升卻又壯志難酬，自覺前途黯淡，我也直覺他面臨職場上的遲暮，急忙撰寫小說向他致哀。等到我自己三十五歲，卻又不安本份，索性辭退銀行工作，換上校服尾隨年輕人重返校園。友人五十七歲，我覺得他退休後依然雄心萬丈，一時忘記六十歲才是美國的法定退休年齡，只不過友人在海岸防衛隊服務，明文規定約滿三十年便需功成身退，差點忘記說，在市政廳當行政官的真空期，友人也曾充當大拖車司機，穿州過省運送新出廠的汽車，在高速公路追逐占士甸的雄風。好意思說別人，也不檢討一下自己。等到我已屆友人的年齡，同樣不肯退讓，還要在職場上與年輕一輩比試高下。

《隋唐演義》裏的「十八年後又是一條好漢」，用在友人身上也頗為合適，加多四年，好漢甚至翻身為過江的猛龍。友人已經不再在溫沙市任職，這些年來，輾轉在美國六大州八個城市蜻蜓點水，有點像香港一些旅行團標榜的歐洲九國十六日精華遊。如果把他曾經接受面試的大都會也計算在內，數目更多，他原是夥伴的好友，經常拜託夥伴當可諮詢的證明人，所以存有紀錄。轉工的詳細情形不清楚，純屬他的私隱，既然他沒有披露，我們也不想追究。額手稱慶是友人再婚，並且從冷冰冰的佛蒙特州遷徙到火辣辣的亞利桑那，安居在大吉利是山腳的阿帕奇章克申。友人年輕時也鬧過兩次婚變，今回卻修心養性，二十二年來與妻子如膠如漆，有一段時期他在加州一個市政廳當行政官，週末才駕車回亞利桑那與家人團聚，大概想念家人，終於辭去加州的工作，在家居附近的克利夫頓市謀到職位，依然是行政官。在《農事詩》裏，維吉爾指出人類的命運分為兩種，無可改變的事實是，人都終將死去，生前我們仍然有很多發揮機會，如果我們沒有經歷這些必然，死不甘心。維吉爾說的必然，就是向生命挑戰，嘗試其他的可能性，如果束手待斃，我們的命運只能說是不幸。通過挑戰可以達到自我意識，我們成為主宰自己命運的人。在命運與必然之間，友人無疑選擇自己站起來。

不妨玩一玩數字遊戲，十八加四再加十二等於三十，看來友人頭一個三十年活躍於海岸防衛隊，另一個三十年就在各大市政廳任行政官，事實卻又出乎意料，二〇一九年，大吉利是山區歷史學會在網頁宣佈新上任的執行董事，赫然就是友人，經驗老到中的「老」字，可以是祝福也是詛咒，最近我服務的機構有一位上司退休，可說黯然身退，她心儀行政工作，卻始終是一個部門的主管，她的經驗與友人不遑多讓，經過多次面試，都沒有雀屏中選，主要是她快屆退休年齡。友人如今七十九，並沒有阻礙歷史學會，反為佩服他敏鋭的組織能力、支持團隊的領導才能、尊重下屬和清晰的溝通技巧、善理財政的才能、有效的長遠計劃、預視目標與成就，換句話説，他多年來在兩大職場的背景獲得歷史學會青睞。從市政廳過渡到歷史學會轄下的博物館，友人看到差異，也看到相同，博物館注重社區參與，友人樂意執起非牟利機構的韁繩。

可不可以為友人的事業畫一個圓滿的句號？看來還早，蔣勳老師曾經質問：「在不同時間裏的同一個自己，可以有連續的對話嗎？」寫友人的文章，我暫時收筆，也只能說是待續。

戰火和其他的時間

越共向西貢發動導彈攻擊的早晨，阿燕一覺醒來，雙腳踏進夢魘。推開家門，向她說早安的是鄰居屋瓦上從人身撕裂的肢體，血似乎曾經向上噴湧，整個天空給漂染成疑幻疑真的胭脂紅，城市幾乎被反轉。阿燕呱呱墮地不久，越南已經烽煙四起，炮火依然是遠方一點蚊蠅般的滋擾聲，血腥場面也是電視機裏朦朧的映像。一九六八年的這個清晨，殘暴從熒光幕傾注到腳前，阿燕感到一陣噁心，剛喝過的粥都從喉間傾進街巷的溝渠，以後她再不敢碰豬紅。張惶本來像打秋豐的訪客，按時按候叩響門扉，阿燕一家是華僑，入了越南籍，交換條件是兒子滿十八歲後需要服兵役，阿燕的兄長存心抵賴，（有誰可以責怪他？）訛稱自己是家中惟一的子裔，需要獨擔家計，不能為國家服務。每次公安人員到來查家宅（通常是在深夜），阿燕和姐姐便要和他們玩捉迷藏，戰戰兢兢躲進黑暗的後巷，扮演一小時的遊魂野鬼，遊戲暫時告終，阿燕依然可以上中學，家人經營電單車修理店，課餘她也去幫忙。大屠殺的前夜，阿燕已聽聞鄰近的警察總部傳來爆炸的巨響，卻料不到戰火已經逼近眉睫，預告她的少女時代結束，接著的幾個月，阿燕初嚐失的悲痛，鄰居與好友不斷失蹤，空氣裏瀰漫著燒焦的氣味，她認定是死亡的氣息，嘔吐的感覺總是集結喉頭，她經常想到遠走高飛。

卻要等到一九八零年，越南侵略柬埔寨的行動逐步昇級，境內的越南人看待華僑，雙眼像要發射子彈，空氣裏加添了火藥味，阿燕才決定把夢想付諸行動，然而，政府把移民法例收緊，阿燕毫無選擇，惟有嚐試偷渡出境。她還未推開大門，砰然一聲關閉，驚魂甫定，她已經被押解到勞改營，自由是她再負擔不起的奢侈，作為她不肯安份守已的懲罰，每天她要從粗砂裏分出飯粒，卻沒有阻擋阿燕投奔怒海的決心。她再度推開門縫，門又關上，隆然巨響像掌摑她的耳光，這次她被遞解到「感化院」，她被指派到食堂裏招呼客人，食客大魚大肉，她每天的膳食卻是泡在鹽水裏的幾條鹹菜，一如在勞改營，每晚她只能睡在冷硬的竹床上，猛然從夢中醒轉，窗外的風聲像鬼夜哭。

夢想有時倒會成真，一九八六年，阿燕的兄長順利移民美國，也把家人申請過去，阿燕抵達加州，很感激當地的免費教育，讓她在公立大學讀得會計科的藝術副學士學位，她也享受美國的自由閱讀風氣，在越南她就只能接觸政治方面的書籍，生平第一次，阿燕得到她想要的，也就有了歸屬感。

第一次阿燕在我腦中留下印象是這樣的：早上我從褲袋掏出鎖鑰，扭開通往圖書館編書部的門鎖，背後傳來急促的腳步聲，阿燕從花園小徑那邊繞過來，我推門欠身讓她先進，她禮貌地說謝謝，不是英語，是我在加州想念香港的廣東話，一段友誼就這樣開始。阿燕沈迷科幻和偵探小說，我屬意文學意味較濃的書籍，兩人的閱讀興趣彷彿隔了一道河。然而在圖書館一個部門共事，又如在同一河上各泛一葉輕舟，等到聽見對方說家鄉話，更像在河床發現寶石，小休時難免同坐下來，我理所當然問她以前住在港九那一區，答說西貢，便繼續追問她可有到過火石州欖灣角洞探險，我可從來沒有踏足香港新界東部的那個半島，倒記得一部粵語片提到，阿燕詫異地看著我，說我一定把事情混淆，言下之意，甚至暗示我在不著邊際的狂想，然而粵語片一度是我青澀歲月的盲公竹，況且我怎會無中生有得這樣準確，生命裏有幾多回是因為誤會才結識，等到我們平心靜氣討論，發覺我們在北半球清醒時，在南半球卻在睡覺，西貢可以在香港也在越南，也就不足為奇了。天南地北暢談一番，也只限於工作環境，放工後各有各的生活圈子，兩葉輕舟又分道揚鑣。

兩人第一次約會，已經是十多年後的事，世情難料，我們都已離開加州，阿燕追隨夫婿遷徙到美國華盛頓州，我與夥伴移民加拿大卑斯省，就如兩個西貢，阿燕與我各自定居的城市都叫做溫哥華，不能算是知已，每年聖誕節倒會憑卡寄意，夥伴兩個妹妹都住在俄勒岡州，每逢聖誕，夥伴都會駕車帶我與她們歡度佳節，華盛頓州就在俄勒岡州隔鄰，一年路過，心血來潮，約見阿燕算是聚舊。在家庭式的自助餐廳，兩張四方桌合併成一張長桌，夥伴與我坐在一邊，阿燕與夫婿坐在另一邊，繞膝還有一個七歲大的女童，只顧睜大眼睛凝視夥伴與我，豆湯都喝到鼻尖，唇上彷彿長了草綠色的鬍子，像個傻偵探，阿燕勸她不聽，自覺失禮，心頭火起，不斷詛咒：「衰女包！衰女包！」卻又掏出紙巾替她抹嘴，眉梢眼角依然流露愛憐。阿燕其實毋須告訴我，不過她坦白，分手前悄悄說，孩童是個養女，夫婿與她年齡差距頗大，恐怕她晚年無伴，提議領養，老來無依真是這樣難熬嗎？夥伴與我就從來沒有考慮過領養，難得阿燕想得週到，世界也就得到平衡。

十多張聖誕卡又從指間滑溜，合久必分，阿燕寄來溫哥華的賀卡，已自加州的一個小鎮發出，一自她的夫婿病逝，她想住在娘家附近，易於照應。近年一張卡說：「女兒已經到了進大學的年齡……」我猛然感覺時間的不可追。阿燕繼續：「她想當藥劑師，卻要山長水遠去羅省主修，這些年我習慣她在身邊，真捨不得她離去，我倒有供書教學的本錢，便提議她在這裏附近的大學讀個學位算了，你認為我是不是一個不講理的母親呢？」字裏行間又流露一份張惶，如果像我們這樣，沒有嚐過得的滋味，就不用為失惆悵。然而，無論怎樣執著不放，人始終逃避不了孤獨的時間。別人的家事我不好意思正式插嘴，婉轉提醒她以前在越南不開心的原因，就是有志難伸。下一年阿燕在聖誕卡寫著：「女兒已經到羅省寄讀，功課若不太忙，每個週末她都會回家與我團聚。」看來她倒是想通想透。

不知道甚麼時候開始，阿燕的聖誕卡充當噩耗的傳遞員，起初消息還不算太壞，只不過是有人退休，然後每下愈況，交通意外、絕症、死亡接踵而來，都是以前在加州圖書館同一屋簷下的同事，也不能怪阿燕饒舌，事實上我們週遭的世界一下子老了。前年壞消息更來自阿燕本人。「……今年四月，經醫生診斷，我患有右乳腺癌，手術過後，又覺得坐骨神經痛，每天服用類固醇藥物，依然不能久坐……」阿燕勉強躺下來，縱是柔軟的床褥，也讓她想起越南的竹床，午夜夢迴，聽到風聲，隔著三十多年的歲月，還是向她哀嚎，阿燕又要面對另一場戰火。聖誕卡興起我一陣慨嘆，佳節在即趕著出門，且把它擱置在壁爐台，回家收拾，赫然發現聖誕卡背後附有阿燕的電郵，像一雙求援的手，老遠從加州伸過來，想與我相握。

去年底阿燕沒有寄聖誕卡來，倒傳來電郵問好，疫症期間悶在家裏無聊，惟一安慰是女兒後年六月畢業，目前在就近的藥房兼職藥劑師實習生，過年後會隨主管到養老院，為老人家注射疫苗，老懷大慰之餘，又再擔心女兒會申請當駐院醫生藥劑師，老遠跑到東北，鞭長莫及。看來阿燕內心的戰火，還未停息。

第三輯：鴻圖宴

抽象表現遇上立體

希望有一天可以親眼感受畫家李錦榮的真跡，暫時就只能透過紙張望梅止渴，觀賞一九九一年他畫的一幅水墨畫《無題》，複印在一九九九年底美術館的雙月刊《場景》。濃淡不等的一堆堆墨跡，蜿蜒橫過畫幅，恍似排隊等待對號入座，縫隙間偶然透出強烈的白光。李錦榮是在描繪霧中的山嗎？還是雲間的樹？這樣提問，只會惹來他皺著眉反望你，暗喻你還是一個未到家的觀賞客。李錦榮在香港出生，從謝教授學書法，專攻隸書，逐漸卻對西方的抽象表現主義產生興趣，夾雜中國畫的氣韻生動，自成一家。他曾說過：「我繪畫，只因我想活在當前的刹那——尋找存在主義的視野多於主題，內在真實多於表象的絢麗美好——這份個人的形貌，姑且喚作詩意的神秘主義。」又說：「當我習畫，畫家並不存在，只是畫的一刻靈光閃現，是惟一的憑藉，同時冒出，同時超越這短暫的時空。」

二〇一六年一月初溫哥華國際畫廊舉辦的「一生的果效——黃慶德藝術成就紀念展」，似乎呼應一九六五年一月初香港大會堂低座二樓的黃慶德首屆個展，重圓好夢。黃慶德本來追隨陳士文老師習畫，再經丁衍庸教授與趙無極小心栽培，其後又被畢加索與布拉克提倡的立體主義吸引，從此致力撲捉事物的真實本態，喜歡從多個角度觀照同一物事，再用眼睛解剖為幾何圖形，重新拼湊，已經是簇新的形式。如果單用解析式的立體主義概括他的畫風，未免委屈。他又會從生活裏捕捉虛無飄渺的潛意識，剎那間參透哲思，姑且賦予形象。青年時既歸依基督，他也嘗試把西方傳統的宗教畫抽象化，用流麗的筆觸線條，把普世眾生連接到神的領域。上世紀六十年代他初從大學的藝術系畢業，採用的構圖和色彩頗為大膽革新，普羅大眾還未透徹認識戰前的立體主義與戰後的抽象派，容易把他的作品籠統稱為「狂亂塗抹」，然而黃慶德的構圖和透視是經過深思熟慮的。當時中文大學的虞君質教授在《中國學生周報》形容他的畫作：「無論冷色暖色或中間色的錯綜變化，均能在沉靜中富於性靈，在躍動中饒有韻律。」

廊主尊稱李錦榮為老師，一位大師誠意到來參觀另一位大師的紀念展，國際畫廊的燈光又明亮一點，他遊走在黃慶德的多變畫風，細意品評。每個人都難免有心頭所愛，勉強要他挑選，他會指出一幅油畫《傳訓》，疊加的油彩，一層復一層，滲透黑灰紅藍綠五色，驟眼看來像岩層，想像豐富的還會在虹彩間瞥見一雙眼睛，李錦榮獨具慧眼，意會到知識論與本體論在畫幅怡然共存，歌頌智慧，肯定存在。堆疊的色彩會令人憶起淩亂的俗世，陰鬱的情調還可能使到一些觀眾感覺不愉快，然而暗沉並不代表絕望，混沌中黃慶德又梳理出一點希望，畫龍點睛是圍繞著畫沿的黃色方框，彷彿一道幽徑，找到出路，方框與直線本來可以顯得生硬死板，可是恍似《綠野仙蹤》裏的黃磚路通到畫的右中央，忽然峰迴路轉，插入混亂的空間，眼前頓時為之一亮，鑽進幽暗，看似一條直路，猝然又岔開兩處，搖曳生姿，最奇妙是畫幅右下角的一點黃光，自暗色中突顯，彷彿畫家瞬間了悟大宇宙的哲理，畫幅於是流露讀書人的知性，撲面還有一股陽剛氣。

懸掛在《傳訓》旁邊的《愛在深處》，亦贏得李錦榮的青睞。景深的插圖令人想起洞穴，手執火把重重深入，路盡處隱約閃爍一點白光。李錦榮說畫幅令他想起馬槽，就算不是基督徒，依然感染到母愛。黃慶德用的暖色觸動他的心靈，詩意寧謐之外，又帶點神秘與超現實。畫到二十世紀初，記得康丁斯基認為還未發揮到音樂性，他終身就是要找尋新的表現形式，有如音樂一般直接喚醒觀眾的感情。如果要用音樂表達黃慶德這幅畫，不妨考慮舒伯特的《聖母頌》，李錦榮更喜歡這幅畫流露的陰柔。

無論生活抑或藝術，李錦榮講究陰陽協調，從他觀畫的品味得到見證。

原載《大拇指臉書》二〇一六年一月二十二日

掛氈展覽

我承認自己有點貪慕虛榮，小時候母親問我喜歡到哪間茶樓品茗，我立刻想到一個鋪滿地氈的大堂，童話裏頭纏白布的王子慣常乘坐魔氈拯救公主，現在當我踩到酒店裏的地氈，也感到一份氣派，然而我再不相信柔軟，覆地的只是機械的夢，讓我想起沉迷和跌墮，小小的夢想可以增加生活情趣和推動創造力，過於耽在夢想只會使人不切實際，我寧願踏在堅實的地板上聽見迴響。我沒有放棄童話，有時候我走過地氈公司，不自覺駐足觀看，櫥窗裏的地氈多是深沉和暗淡的色澤，圖案也是工整對稱，它們仍然囿於固定的框框沒有起飛，我找不到心中的氈。

我並不是故意走進畫廊，掛氈已經整齊地在等待，燈光下色彩奇異地流動，我還需要再到甚麼地方？這裏也有圖案四平八穩，並不刻意取悅別人，隔著一段距離觀看，掛氈提升為畫，有自己的風格。以後一段展覽期間，我總藉故走進畫廊，倒是有點心虛，我還把握不住，掛氈貼在牆壁，每次都傳遞不同的訊息。初見掛氈，以為自己誤闖一間兒童畫室，不會準確掌握線條，掛氈的畫有誇張的線條，編織人似乎也不懂得透視法，就算要他們用視平線的角度構築一個農莊，也會推倒籬笆描繪牆裏的世界，掛氈裏的人和屋都像躺在地面，當然這些未必真是兒童們的傑作，或許只是編織人童心未泯。然而我看到三角形的雞圓形的樹，難免想起一個胖臉女孩在說著天真的話，我幾乎要捧起她的臉頰親吻。第二次到畫廊，稚趣之外我還留意到一份戲劇性，譬如一幅《趕集》，掛氈是橫放的，裏面的車和馬都被拉長，我彷彿聽見疾馳而過的聲音。另外一幅《武士》，掛氈垂直懸掛，人和馬也稍被拉高，武士煞有介事的坐姿令人忍俊不禁，我還未曾提到含有宗教色彩和童話味道的掛氈畫哩！在被忽略的角落裏，我留意到一組寫實的畫，多用城市的建築物做題材，例如皇宮和市政廳，美術師把焦點匯集在畫中央，景物似向外面伸延，視野深遠就像弧形的闊銀幕，表示美術師對建築物的尊敬。

如果說寫實就是掛氈畫的一切，請隨我看一幅《葉讀》，主體是一塊並不稀奇的紅葉，陳陳相因像綿延的藝術生命，就是這份感受讓我重新估價一些圖案，發覺它們並不呆板，先說幾條長度相約的曲線，彼此之間嵌著藍白灰黑的格子，襯托著深褐色，彷彿奔馳在大地的溪流，畫的名字就是《山澗》，還有一幅《斑馬》，顧名思義就是一些黑白相間的線條，然而線的厚道並不一樣，加上灰線點綴，更像一幅線的練習。在四樓與五樓的梯間我已經看到一些紅得懾人的畫，掛氈沒有標題，終於在畫廊的外面，展出一幅紅的變奏，深紅的背景裏呈現三棵樹，伸展著黑色的枝幹，紅色在三棵樹間不斷轉換位置，例如粉紅色本來在這一棵樹的右上角，來到中間的一棵樹，又停在左上角，接著還佔據了第三棵樹的半邊，這幅掛氈名叫《秋的日落》，我也感到光在消逝之前盡量燃燒自己，美術師就是要留住這一刹那，並且嘗試捕捉光影。在眾多的掛氈裏，我特別偏愛一幅《夜與日》，畫面整齊地分為兩邊，背景是深褐色深綠色，一點半圓形的晨曦似的淺黃之後，色澤漸由淺綠轉向草綠再而粉藍終成深綠止於墨綠，我經歷了一次光的旅程，另一邊剛巧是這一組顏色的對倒，最後我們會回到淺黃色，日與夜不就是這樣交替嗎？我領會到時間循環不息。花氈並不只是掛氈裝飾，我就看到一塊鋪在畫廊的地板上，可是圖案這樣別緻，我怎麼忍心加以踐踏呢？據説這些掛氈都是波蘭南部山區的村婦親手織造，這種技藝就是她們的傳家寶了。然後大學畢業的美術師負責設計圖案，為掛氈添上時代的氣息，我在掛氈穿梭，誰説傳統與現代不可以水乳交融呢？羊毛與棉交織之後，本來呈現一份原始淳樸，經過漂染和絲網印製，它們已經是另一種形態，我故意湊近去也嗅不到汗味，我們為甚麼要否定加工的工藝品呢？想是我的呼吸吹到掛氈上，偶然一兩根翹起的毛線在優美地顫抖。

原載《香港時報》文與藝版「七個大拇指」專欄
一九八一年七月十六、七日

幻影集

畫壇是甚麼時候變得瘋狂呢？人們忽然捨棄畫架的局限，寧願握著畫筆在墊地的畫布上行走。讓滴落的油彩即興地開花為抽象表現主義，硬邊的圖案畫讓人透不過氣，他們索性把整桶油彩傾覆到畫布上，最後所有技巧都讓人們厭煩，他們回歸寫實主義，刻意模仿攝影技術，想是照相機的發明，畫家開始憂慮自己的前途，既然在轉瞬間照相機已經記錄光與影的變化，畫家的素描似乎無足輕重，照相機真的可以取代畫家的地位嗎？我向一個攝影展覽求證，其中一個攝影師說：「見你所相信的，相信你所見的。」在她的鏡頭下，描繪眼睛的女畫家要用黑布矇眼，等她解下黑布，卻用油彩掩蓋黑布上的眼睛，攝影師要強調的是心眼，它才真正是溝通的窗子。攝影師的焦點遍及生活每一角落，會用溫柔消褪的色調，描繪古老大屋的瓦，或者讓一個簡單的人影，在城市的圍牆上自動拉長，電話亭可以反映城市的情調，於是把照相機留在外面，拍攝男子一邊拿著話筒一邊提筆抄寫，接聽電話另外一個男子甚至按動電子計算機，有時興趣又會轉向沙丘，拍攝一株頑強地生長的草，走進難民營裏，用半明半暗的背景襯托一個老婦人的期待，特寫另一個老婦人的側面，讓她的皺紋自我傾訴，也會把孩子逼近牆邊，並且把過長的毛衫披到他的身上，讓我們想起城市的教育，與及其他並不好笑的事。他們記錄的都是我們的身邊瑣事，只是我們視若無睹，經過他們的提醒，我們彷彿再次認識，照片是凝止的，不同的組合卻可以傳遞攝影師的心意，有一組照片名叫「躺在海牀旁邊」，攝影師用三十多張照片敘述一個故事。最初我們看到男子和別墅，海洋躺在遠方，男子或者靜坐或者蹲伏，甚至脫去衣服鞋襪，在解脫與未解脫之間猶豫，氣氛沉鬱低調，光與陰影始終溫柔。後來照相機走進城市，用魚眼鏡記錄變形的車窗大廈和電單車，就算鏡頭瞄準少女的正面，我們看不清楚，少女架著太陽眼鏡，鏡片反映高崇的建築物，發展下去事情更加曖昧，我們走進黑暗的心，只是攝影師說：「因為我永遠都不能夠體察你的內心世界，這正是我的遺憾。」所以我並不急欲知道結局，攝影師也沒有肯定的答案，他們提供了方法，就讓我們各自揣摩。

有時候攝影師也會嚮往一個靈的世界，他說：「宇宙之廣，萬物之靈，只能靠我們瞬間的感應，從宇宙之中，進入渾然忘我，萬物合一的境界。」我追隨他的步伐來到大自然，我深信靈的感應是自然流露不是刻意經營，所以我不同意攝影師故意把點燃的蠟燭放在石縫放在水面，油蠟滴落岩層呈現一股淒厲的美，因為氣氛帶點虛飾，我便拒絕投入，後來攝影師把鏡頭移向岩石，我立刻被一股張力懾住，攝影師並不是隔著一段距離拍攝，彷彿身體攀附岩石，透過照片，我清晰地看到石的裂痕微粒和缺口，我可以感覺到石的呼吸，岩石的接合處，偶然出現海天，這時岩石顯得有點霸氣，攝影師故意把海天倒轉，表示一股反叛和舒伸，他也運用黑白發黃紫藍的色調描寫海天，流露對自然的憧憬，在他的鏡頭下，天像一塊布幕垂下，雲端猛然散發光線，為照片平添一份聖潔感，攝影師也會抽離，攝取海潮拍打礁石的景象，海天本來是靜態的，浪花濺起的一剎那，我驀然看到靈的閃現，照片發展到了今天，已經不僅是真實的記錄，藉著種種沖印技術，攝影師可以實驗技巧表達心意，在攝影展覽裏，一組照片已經接近畫意，攝影師嘗試把眾多的山影重疊，甚至把色彩疊印到黑白照片上，長久觀望著山，他默默追隨色彩在心底的流動，他不止於寫生，並且關注生命，至於人的軀體，他特別偏愛手與腳的部份，他就展示一組手與腳的照片，甚至運用一株靜物襯托舞蹈的手與腳，手腳就是活的象徵嗎？我還不能完全明白，攝影師似乎不要我們感覺現實動態，而是心內呼聲，創造之後照片已經超然獨立，就算攝影師重看，也發覺相中的人與山似有意「展示自然以外那些風光」，攝影逐漸走向抽象，可以取替繪畫嗎？畢竟繪畫已有多年歷史，而我覺得攝影師始終有所限制，起碼要用實物做根據，不能像繪畫般任思維創造色彩線條，然而攝影到底也是一門藝術，透過展覽可以追溯當代人的心態，這個展覽取名「幻影集」，已經表明攝影師的謙虛，甚麼算是真實呢？譬如一張立體的桌子忠實地紀錄到一張平面照片上，我們就感覺不到它的銳角和氣息，真實程度已經打了折扣，而當攝影師把現實瓦解重新組合，他們實在追隨心靈最真實的時刻。

原載《香港時報》文與藝版「七個大拇指」專欄

一九八一年八月二十四、五日

左岸城的問候

一九九〇年，「儉而旺」（Thrifty）財團有意在三藩市日落區起爐灶，向城市策劃委員會申請開闢雜貨市場，委員會成員支持鄰舍活動，深恐區內小雜貨店的生意受威脅，猶豫不決，「儉而旺」一個説客急於催生，危言聳聽：「想不到我們活在三藩市人民共和國。」想是挑撥市民談「左」色變，不料自己誤墮時光隧道，市民已從冷戰的夢魘醒轉，對「左」的概念有不同敏感度。

兩年後三藩市洲立大學教授理察·地利昂（Richard Deleon）出書剖析三藩市在一九七五至一九九一年間的先進政體，就戲謔地取名《左岸城》（Left Coast City）。

三藩市人對「左岸城」這個略帶侮辱的稱號欲拒還迎，在近日三藩市公共圖書館舉行的一個名為「包容的政治」（The Politics of Inclusion）的展覽裏可見一班。

發黃的照片、剪報、傳單和書籍封面鎖在陳列箱內，關不住三藩市人的意氣風發。難怪他們沾沾自喜，翻查檔案，八九年市政府通過同居伴侶法案，讓情投意合的同志及非正式婚姻的男女分享已婚配偶的減稅和社會福利。另外，九〇年人口統計，顯示三藩市在美國社區裏種族最繁雜。展覽裏還看到Tenderloin區的鄰舍組織，保障新移民和低薪家庭的租金、華人權益促進會爭取華裔在市政府就職的公平待遇、印第安老人中心照顧高齡人士的膳食和醫療……只覺得他們理直氣壯。

六十年代開始，環境保護專家干擾土地發展計劃，招惹好管閒事的人非議，展覽裏他們處處留下張牙舞爪的痕跡，我卻目睹一張包容四國語文的海報，上書「保衛國際旅店……反對迫遷」，國際旅店位於市內的馬尼拉區，收容低入息的亞裔住客，特別是菲律賓裔，七四年住客卻接到驅逐令，生活已不安穩，還遭人無風起浪，惶惶不可終日。社區詩人兼歷史學者 Al Robles 發起組織抗議聯盟，主席及兩名住客支持，後來的市長李孟賢，自願協助通過一些反驅逐令協議的條款，鄰近柏克萊大學和三藩市洲立大學的美籍亞裔學生積極分子又參加示威，然而七七年法院還是拒絕協議，所有住客都被逐出，旅店難逃被拆卸的噩運，夷為平地，至今遺址仍無人問津。然而歷史充當見證，這裏曾經流過血汗淚。

圖書館和戲院入口，每星期堆起一些免費的獨立報，每有獨特的觀點，展覽提到一些獨立報已有三十年歷史，而且負起童子軍的任務，監察主流報章不致拗橫折曲，說獨立報帶領市民政治覺醒可能言過其實，無可厚非的是它們附有推波助瀾的作用。最現成的例子是選民直選政區要員，七六年通過，八〇年否決，九六年卻終於成為法案，不是展覽提起，也不知道原來由一份獨立報煽風點火。

左岸城並非朝夕建成，展覽追溯三藩市百五年的滄桑史。一八九一年靴鞋白人勞工聯盟設計了一個商標，印在商品證明書上，提醒顧客是白人製造才好購買。一九一五年，女詩人兼自由運動者莎拉·芭·菲（Sara Bard Field）不甘女性多年來受壓迫，特地自三藩市駕車到華盛頓總統府抗議。也是直到二次大戰期間，勞工協會才開始領導潮流，廢棄種族和性別歧視。陳列箱裏卻有兩本袖珍書，都名為《袋裝律師》，由全國第一個同志組織印行，指導讀者被警方騷擾時，怎樣伸張自己的權益。展覽裏看得最愜意，還是北灣里雅斯特咖啡店（Caffe Trieste）七七年的留影，巨型的壁畫下，敲打一族（Beat Generation）的後裔濟濟一堂，據說文人雅士喜歡在這咖啡店討論尼采的格言金句和哼唱韋爾第的抒情調，歌聲舌戰間，左岸城的意念想也應運而生。

請勿誤會三藩市已經變成人間樂土，提起愛滋，人們仍用譴責的眼光橫掃同志，種族歧視亦如潛伏在暗角的猛獸，伺機撲擊少數族裔，有心人忙於閉戶擋駕肆虐的罡風，卻未能把惡勢力轉化為力量造福社群，左岸城處於死守的狀態，固步自封。

然而，時至今日，社會共和到了掛羊頭賣狗肉的地步，尤其是家長式統治的極權國家，說是履行群眾的意願，卻未深入鄉野作親善訪問，一切純粹是冷氣房內的胡思亂想，真正為人民服務，還數資本主義孕育的左岸城。

原載《信報》「文化版」C-Mail 欄一九九七年五月

到博物館淘金

加州尋金熱進行得如火如荼的年代，畫家馬田（E. Hall Martin）繪就《採礦人》，畫中的探子右腳落在草坡上，左腳屈成九十度角踏在巉岩間，姿態極像恩吉斯（Ingres）一八〇八年畫《伊底帕斯與獅身人面像》的主角，探子紮穩馬步搜索金礦，馬田是否暗喻淘金也像獅身人面般莫測高深？自從一八四九年占士馬素為薩打要塞興建鋸木場時發現金塊，尋金熱始終是坊間一則看似耳熟能詳實又煙霧瀰漫的神話。加州屋克蘭博物館（Oakland Museum）企圖反映尋金熱的真面目，策劃「發金熱：加州尋金熱的誘惑與後遺」（Gold Fever: The Lure and Legacy of The California Gold Rush）時，特別從考古學、地質學、經濟學、機械工程學、電影的角度考證歷史，還嫌觀眾不夠負荷，同時展出「尋金熱的藝術」及「銀與金：加州尋金熱的相框影像」，美國的展覽常是來勢洶洶的。

有些史學家慣為尋金客灼上「貪婪」的烙印，似乎一竹篙打一船人，翻查舊賬，當年奧地利、意大利、法國革命起義，捷克與波蘭政治動蕩，愛爾蘭鬧饑荒，中國與智利受震壓，尋金熱實在是平民絕處一條生路。展覽場有一個頂天立地的地球儀，水陸分明的空間貼滿世界大事的標籤，地球儀徐徐轉動，瞬間沙塵滾滾，轉眼金光閃耀，名副其實世界輪流轉。

這樣引經據典為尋金客呼冤倒也深明大義，惟獨展覽有時仍禁不住掄起道德的界尺，對礦工大加鞭撻。義正辭嚴的口吻，透過隨身視聽器向觀眾傳送，每走過一個歷史片刻，都有旁述員評頭品足。尋金熱本分水陸兩路，旁述員繪影繪聲渲染旅途艱辛，旅程盡處，一間木屋展陳礦工的簡陋家居，旁述員也不忘把木屋形容為染缸，礦工不甘寂寞，都同化為粗言穢語的莽漢。面對敏感題材，展覽仍然捨難取易，處處亮起紅燈，惟恐年輕觀眾誤入歧途，卻跳不出約定俗成的框框，暴露意識形態虛飾的一面。要是尋金熱十惡不赦，百多年後為甚麼喚醒恐龍？還塗上金漆梟首示眾。皺眉之前，似乎掩不住對歷史的自負，事實上，礦工從斗室走進幕天席地，起碼眼界大開，拋妻棄兒重過單身生活，也可享受風涼水冷的自由，無端與陌生人沆瀣一氣，更有愛恨交纏的微妙感應。淘金或會腐蝕心靈，個中的幽默與無拘無束，也不能一筆抹殺，展覽隱善揚惡，是否猶抱琵琶半遮臉？

無論採用鐵鍬抑或水上黃金挖掘船，金礦終有淘盡的一日，尋金熱青史留名，主要是帶動一個州的成長，展覽特別闢出場地，介紹尋金熱刺激加州商業，譬如銀行業與金屬化驗、飲食與住宿業、洗衣業……傳授經濟的第一課，另外，點名讚揚三藩市與洛杉磯兩大名城，三藩市的角落簡直是酒店的格局，尋金熱後十年，鄰近的內華達州發現白銀礦，商人寧願到三藩市投資酒店業，都是尋金熱種下的善因。洛杉磯的部份則像果園，尋金熱風起雲湧，洛杉磯人仍然頭腦清醒地畜養牛群，灌溉系統改良後，吸引農民到來開墾，種植穀麥與蔬果，南太平洋鐵路局迅速傳送鮮果，興旺了柑屬工業，甜橙榮升為加州另一座「金礦」。展覽或有陳腔濫調，細心觀賞，倒可以在渣滓裏淘出金沙，見證歷史的源遠流長。

展覽入口有一個大櫥窗，莊重地供奉護身符、茶匙、奧林匹克獎章、袋錶等裝飾品，都用黃金雕塑而成，光滑的表面教人想留下指印。走進內場，看見金塊和其他石頭混在一起，又覺黃金過份柔順，不似圓卵石般有個性。其實黃金是岩石經過歲月侵蝕後跌出來的沙礫，被山川沖落河牀，滯留在溪澗待人撿拾，換言之，黃金是大自然指罅間漏出來的施捨，甚至久居在加州的印第安人也不屑一顧，外國人卻趨之若騖，想想也覺諷刺。

原載《信報》「文化版」C-Mail 欄一九九八年四月十五日

打開潘朵拉的盒子

一幀照片可以抵得上千言萬語，但也可以說謊。我到溫哥華中央圖書館參觀「和解的期盼」圖片展覽，場內貼滿照片，顯示二次大戰期間，日本七三一部隊在中國東北的大本營，裏面設有研究所、供水塔、工廠、鐵路分線與飛機場，規模宏大。其中第一棟樓更是別具心思的建築，如茵的草坡上，矗立著一座尖頂大樓，長形的平房自屋翼向兩旁伸展，宛如歡迎的手臂，四周綠樹成蔭，世外桃源的環境，教人也想參與行列，修心養性研究。

細讀文字說明，這基地卻是拿活人作實驗品的屠宰場，當時日本的醫學精英，把梅毒菌注入女囚體內試驗、交換動物血與人血、倒吊人體觀察倒控反應、把人的左右肢鋸下互相對調……，受害者包括中國人、蒙古人、朝鮮人、蘇聯人與美國人，歡迎的手臂化作蝙蝠的雙翅，張牙舞爪，醫學研究不也可以是兩面體嗎？醫師成功地發明新的抗生素，對抗疾病，贏得掌聲與獎金，手術桌上埋藏多少秘密？醫學界流行一句術語「天竺鼠」（guinea pig），其中的含義不言而喻。風光背後，只覺殺氣騰騰。

人間地獄的真貌當然嚴禁用攝影機記錄，為彌補資料不足，展覽主辦人匠心獨運，在文字之間，梅花間竹般穿插日軍肆虐的圖片：遼省龍尾山如柴薪般堆積的童屍、揚子江灘頭身首異處的遺骸、集中營裏餓成行屍走肉的美加戰俘、縛在十字架上被毒打的新加坡平民…，鮮血淋漓的場面在想像中若隱若現，更是不寒而慄。七三一只是一個籠統的稱號，恐怖活動還擴展至北京、大連、南京、廣州、曼谷等地，活體實驗之外，日本醫學界還培養病菌傳染牲畜，破壞土壤與農作物，投降後撤退前，還放生大量老鼠跳蚤，散播黑死病，又埋下毒氣彈，腐朽後造成環境污染。塵封的潘朵拉盒子，本來無謂打開，然而去年美籍華裔女作家張純如出版《南京的蹂躪》，月前竟被日本大使指責為「歪曲史實」，自以為是的態度，教人齒冷，居然處之泰然，難保不會獸性復發，重蹈覆轍？打開潘朵拉的盒子，可能臭氣薰天，倒有提神醒腦的作用。

展覽詳盡地把日本人的研究分門別類，計有細菌戰、毒氣戰、芥子氣、饑餓、種族免疫力、凍傷等實驗，看得人情緒高漲。自少受到「惡有惡報」的薰陶，心中不禁產生疑問：七三一的成員可有受到軍法制裁？在「戰後戰犯免責」一欄，我找到答案。日本投降後一星期，美國已經展開調查和聆訊的工作，欄中貼有人物肖像，包括山德斯、湯姆遜、肯男與魏樓比，都是審判的關鍵人物，不久蘇聯也來插手，細菌研究資料頓時炙手可熱。時值冷戰初期，美國更生小人之心，麥克阿瑟一聲暗示，盟軍總部控制日本戰犯對外接觸，其後七三一成員不但逍遙法外，而且平步青雲。當人道主義滲入政治因素，是非對錯再不分明。直至今日，美加移民局仍然禁止知錯的日本戰犯入境揭瘡疤。

連中國政府對要求日本賠償一事也吞吞吐吐，人民只好自己站起來發言，圖片展覽開幕前，先舉辦一個見證會，來自上海的王選，提到她家鄉浙江省義烏市崇山村就受到細菌戰的毒害，她祖父的家族犧牲了八人，現在村裏一百零八位受害人組成訴訟團，要求日本政府承擔責任，王選給推舉為代表，協助日本律師與學者調查細菌戰的真相。代表律師土屋公獻，亦談到訴訟已在地方法院展開，七月中繼續聆訊。受害人苦苦相逼，並非汲汲於金錢，他們打算用賠款多建幾座紀念碑，追悼戰爭的死難者，他們爭的是一口氣，要把青紅皂白再分清楚。

日本侵華早有一目了然的罪證，今番卑詩省抗日戰爭史實維護會主辦「和解的期盼」圖片展覽，卻如案中有案，出其不意異軍突起，想到扭曲的人性也可以歷久常新，倍覺驚駭與張惶。

原載《信報》「文化版」C-Mail 欄一九九八年七月二十八日

徘徊在血與瘋癲間

書店的「流行文化」欄擺放好幾本另類年青人雜誌，撲鼻盡是攪拌著茄汁的血腥味，先是一本叫《流行塗鴉》（Popsmear），妙齡女郎從裙底扯出初生嬰兒。另一本索性取名《血之歌》（Bloodsongs），男子用刀剖開左胸，掏出悸動的心示愛。另類年青人雜誌喜愛嘩眾取寵，翻閱時只適宜抱持獵奇的心態，不意回頭看到主流的《滾石》（Rolling Stone），封面一個禿頭男模特兒，粉白的臉塗上黑眼圈，張開血盤大口，眼耳口鼻戴的銅環，隔遠也聽得琅琅作響。於是驚覺另類雜誌充當文化哨兵窺探地平線，看的不盡是海市蜃樓，血腥文化企圖從保守的八十年代脱穎而出，在散漫與毫無成規的九十年代，始終未成大器。其實年青人對血的迷惑歷史悠久，文學浪子拜倫一八一三年的詩歌〈邪教徒〉（The Giaour）就顯露吸血殭屍的齒印，挪威畫家愛德華．蒙克（Edvard Munch）的作品也是血跡斑斑，九十年代在溫哥華藝廊初見證，近日到奧斯陸蒙克的祖家求證，可以追溯到一條血路。

溫哥華的展覽把握版畫大量生產的優點，往往把同一幅畫的兩個版本肩併肩排在一起，讓觀眾藉不同的色調比較大異其趣的效果，蒙克有一幅畫叫《病童二號》，畫一個垂死少女幽幽靠在枕頭上，其中一個版本通篇透紅，彷彿打翻了紅汞水，怵目驚心。另一個版本採用暗黃與灰黑的色調，少女的頭髮卻染成紅色，像燃起一把火，更添她的無助。蒙克愛在畫幅潑上紅色，不是喜氣洋洋的鮮紅，更像肺癆病患者咳出來的瘀血。蒙克年幼時，母親與妹妹相繼因癆疾辭世，從此肺癆在他心中留下疙瘩，蒙克另一幅畫叫《病房送喪》，畫妹妹彌留的情景，畫幅的左方出現少年蒙克和他三個姐弟，黑色像哀傷把他們連成一線，卻因為頭的方向不同，遠看像一株畸形發展的植物。九十年代肺癆大致受到控制，愛滋夢魘卻使部份年青人的心態趨向極端。

家教森嚴，蒙克嚮往「不斷製造醜聞」的波希米亞生涯，展覽陳列好幾幅他移居巴黎後的作品，包括《輪盤桌上》和《伴著酒瓶的自畫像》，從畫的名字也可管窺他意圖放縱。最引人入勝卻是《胖妓》，妓女龐大的身軀塗上暖黃色，散發費里尼式的母性光芒，綠牆上卻投射刺眼的黑影。蒙克有意衝破樊籠，卻始終衝不破道德的綠牆，倒像愛滋蔓延下的年青人，把心一橫擺脱避孕套的束縛，過後卻又疑神疑鬼。

黑色電影的紅顏禍水，在蒙克筆下覓得前身，有幅作品叫《罪》，主角竟是紅髮裸女，雙眼發射殭屍的綠光，另一幅取名《聖母》，女子浮沉在波動的藍線間，畫框似乎綑有木紋，細看卻是泳在血池中的精蟲，蒙克有意描繪受孕的一刻，畫的左下角卻出現殭屍般的怪嬰，在生的喜悅夾雜死的恐怖，蒙克無意間觸摸到當前年青人的迷惘心態，

影響所及，蒙克的愛情觀也杯弓蛇影，兩情並不相悅，而是各懷鬼胎，且看《二人》一畫，有情人各自立在畫的兩方，面前的虛空反映感情乾涸。另一幅題名《吻》，男女如漆如膠面目模糊，並非被愛情溶為一體，更像感情角力。這個意念在《吸血殭屍》一畫最明顯，女子的紅髮像火山溶岩般覆蓋到男子身上，他受蠱惑不知所措，她已張牙舞爪把他圍攏，俯首就要吸血，當今青年男女在權力鬥爭時感受到的恐懼與吸引。百多年前蒙克已在畫幅表露無遺。

蒙克舉世矚目的《尖叫》，有緣在奧斯陸國家美術館領略風采，篇幅不大，懸在巨幅的《生之舞》旁，恍若未完全發育的少年。峽灣上的圍欄，《聖母》裏

的殭屍怪嬰長大成人，站在柏油路上，以為置身度外，欄杆斜斜的直線在他背後奔竄，加上遠方的水平線和山腳形成的曲線，其實構築鐵三角，把主角重重圍繞。雲層轉成血紅色，像火山爆發後的天空，鮮豔的顏色在陰沉絕望的風景間波濤洶湧，其實已像尖叫。殭屍主角移植到畫的右前方，左上角掠過兩個遊人，頭頂對上隱隱浮現兩艘遊艇，形成另一個鐵三角，只是人與物的距離這麼遠，登時令人想到疏離，接入受到秘魯木乃伊影響的主角造型，扭曲的嘴臉加深焦慮，他掩耳狂號，宣洩了多少年青人的積鬱。

焦慮總是揮不去的課題，每個時代用不同的姿態示人，新藥發明後，愛滋的威脅已遠，近年又有伊波拉的騷擾。千禧後十多年，年青人最大的焦慮不是來自病毒，而是科技，都是比爾·蓋茲和史提夫·喬布斯燃點的火頭，平板電腦和智能手機之後，又陸續推出 iPod，iPad，tablet，eReader 和 chromebook 手提電腦，科技忽然變成時裝，若不急起直追，會被人譏笑落伍，對於年青人來說，這是最刺耳的貶詞，然而近日經濟低迷，要找份薪酬優厚的工作並不容易，年青人備受朋輩壓力，形成另一種焦慮，蒙克徹底忠於情緒，呈現的感覺在科技恐慌期仍然引起迴響，一八九三年他的一聲《尖叫》，世代相傳，可以嘶喊到海枯石爛。

原載《信報》「文化版」一九九八年五月十三日，二〇一六年一月增訂

瞎子摸「像」——蠻荒影像

西雅圖攝影師菲爾．波豈士（Phil Borges）新出版攝影集《堅忍精神》（Enduring Spirit），封面有個大眼仔，躲在母親背後探頭探腦，右手觸摸母親的胸飾，波豈士很喜歡這張照片，他是否從孩童求知的眼神看到自己呢？他酷愛闖進偏遠地帶，搜羅瀕臨絕種的部落，明知道再落後的山區也已安裝電視收看城市的拳賽，在原始的土著也學會提起 **AK** 四七互相掃射，仍要沖洗文明，還原蠻荒本色。攝影機彷彿是庇護他的母親，右手停在手掣附近，隨時瞄準獵物按鈕。然而，蠻荒行將成為歷史陳跡，波豈士借它寄託情懷，是否只如瞎子摸象般，只探索到互不關連的眼耳口鼻呢？最近溫哥華黛安·法里斯畫廊（Diane Farris Gallery）為他舉辦一個攝影展，從中可以看到他的得失。

波豈士的足跡遍佈埃塞俄比亞、肯尼亞、印尼、爪哇、西藏、秘魯、墨西哥與北美洲，捕捉部落真貌。他採用「選擇著色攝影法」（selectively toned photography），背景保持黑白，人物身體卻塗上古銅色，色調彷彿是一根線，把散佈在世界各地的人類共同點連結起來。然而，原始部落講究社區精神與天一合一的境界，波豈士從群體抽出個體，突出人物形象，似乎違反團體的意義，強調人與大自然的抗衡。

也有天生的模特兒，在鏡頭前神態自若，大部份對攝影機卻抱持好奇與懷疑的態度，甚至帶著一股怒意。波豈士的原始部落像離水的魚，翻起一雙白眼。他深入蠻荒，始終擺脱不了文明的包袱，單是與攝影集同名的攝影展「堅忍精神」，已經洩露他繼承先祖的墾荒精神，在説明文字裏，他把部落生活描繪成一段艱險的歷程：一個男童每天走四小時上學，沿途佈滿狒狒與豹；一個女童每天走十二哩路取水；兩位妙齡女郎冒著一百一十度的高溫，到市場找鹽餵駱駝與羊……這會不會是她們無可選擇的生活方式？其間她們流過多少淚幾次想到退縮，我們可曾知道？在波豈士的鏡頭前，她們只顯得頂天立地。

還是幾幀描寫祖孫關係的照片感情真摯，祖母已是六十多歲，孫兒才四至七歲，根據原始風俗，一位行將重入靈媒世界，另一個剛離開，心靈特別容易溝通。其中一幀，祖母微昂著頭緊抿嘴唇，彷彿追憶逝水年華，孫女嬌嗲地望著鏡頭，有意重振祖母年輕時的風采。另外一幀，祖母的身軀像一株鱗次櫛比的樹，孫兒緊偎著祖母身邊尋求庇護。印象最深刻的一幀，七歲男童牽著瞎眼的曾祖母在沙漠散步，男童瘦得像皮包骨，曾祖母更像一座快要倒塌的帳篷，襯托著喜怒無常的沙漠，特別顯得無助，一不留神狂風乍起，走避不及，人便埋進沙堆裏，波豈士用長焦距鏡頭拍攝，突出了沙漠生活的步步為營，也突出了部落家族相濡以沫的情感。

波豈士拍攝土著用獨特的方式向先人追思，也看得文明人百感交集。照片裏一名爪哇女子，自從兩年前妹妹被蛇咬死，此後有生之年，每月兩次用泥擦身追悼亡靈，女子塗滿泥漿的模樣顯得滑稽，波豈士一個近鏡，卻讓我們感受到污泥背後的熾熱性情。隔著兩個相框之遙，一位五十歲的婦人舉著右手抽煙，四根手指都少了一截，根據爪哇習俗，凡有親友辭世，便須切去一截指頭表示哀悼，婦人的丈夫、女兒和兩個姐妹相繼患瘧疾去世，算起來總值四截指頭，鏡頭前的婦人若無其事，我想起「切膚之痛」這句成語，目擊有人身體力行，毛骨悚然之餘，卻又滲著感動。原始部落有它驚心動魄的一面，然而，一些文明人空喊口號，不肯實事求是，行為同樣殘酷，波豈士報導，肯尼亞的沙巴魯族，今時今日仍然規定婦女在結婚前閹割陰蒂，原本世界銀行贊助一位護士到來幫忙，提供抗生素，盡量避免割去肌肉組織，最近因為超級強國反對，世銀停止津貼，族人自行處理，增加了細菌傳染的機會。配合這段文字，波豈士拍攝一名參與儀式的婦女，手抱孩童面對鏡頭，眉心緊皺，似乎憂慮下一代的命運，憂戚的神態，足令懶得拾殘棋的文明人深思。

原載《信報》「文化版」C-Mail 欄一九九八年九月二十九日

從草圖看迪士尼文化

只不過開幕數年，《民族雜誌》（The Nation）的專欄作者已經拿迪士尼樂園與拉斯維加斯相比，樂園龐大的盈餘顯示，當妥協與遷就更嚴肅地規限美國社會，逃向夢幻變成惟一的解脫。此語一出，迪士尼樂園的擁躉譁然，科幻小說家雷・布萊伯利（Ray Bradbury）反駁說迪士尼樂園解脫的是豐富的想像力，建築師占士・華斯更認定樂園是突出的都市建築。四十多年來迪士尼樂園就像一個令美國人又恨又愛的頑童，明知道他輕薄取巧，又捨不得他的俏皮。熱潮蔓延至滿地可，最近加拿大建築中心就有一個展覽，名為「安定人心的建築：設計迪士尼樂園」（The Architecture of Reassurance: Designing the Disney Theme Park），回顧這遊樂中心所代表的美國文化，

都說迪士尼樂園像蛋糕上的糖霜，細看展覽的草圖、模型、照片與錄影帶倒見一點紋路。設計師也是用心良苦，不想遊客迷路，伶俐地豎立顯眼的指標，像獎品般高高懸掛，遊客趨之若鶩，長途也在心目中縮短。夢幻地帶的睡公主城堡、蠻荒地帶的汽船……都有安定人心的意圖。遊客入門，登上火車站穿過美國大街來到軸心地帶，遊樂區像光輪發放的光線四處投射，遊客自由選擇起點。建築用突破透視，遠看高聳入雲，其實比例隨高度遞減，不致咄咄逼人，建築物之間的格式色調也盡量保持和諧，著意營造一個世外桃源。

不是展覽細說，倒不知道樂園是迪士尼對一九五〇年代美國文化的沉默

抗議。自從汽車把都市人誘到市郊，砍樹鬆土組織小家庭，大都會似失去重心。市區真可怡情悅性嗎？商業樓宇像暴發的新貴，競相堆疊層樓顯示身價，形式又不講究，格局與毗鄰的建築像貼錯門神，依附樓宇的廣告牌霓虹燈，更像爭寵的妻妾，花枝招展各出奇謀，路人只覺一陣喧嘩，迪士尼邀請大家到樂園，呼吸一口與世無爭的空氣。

迪士尼有一個夢，在展覽廳播映的一齣六六年短片細詳，是一個綠化工業地帶，二萬工作人員窩居在摩天樓作實驗和搜集資料，公共交通網像圓圈般圍繞全城。迪士尼猝然辭世，未來模範實驗社區胎死腹中，多個意念卻移植到佛羅里達州的迪士尼世界。迪士尼一生支持公共交通，最欣慰是得見單軌鐵路落成，五九年初在明日世界運作，六一年路線更擴展到迪士尼酒店，把遊樂場玩意提升為實惠的運輸工具。

軸心構思未必討好，展覽檢討明日天地的失敗。科學日新月異，一九五

○年代令人嘆為觀止的火箭，數十年後只被視為爛銅爛鐵，不能充當指標。宣揚科技就要面對急起直追的挑戰，設計師不能預測未來，場面往往丟空，加上鋼筋水泥凜若冰霜，明日天地總顯得荒蕪冷漠。一九九二年巴黎迪士尼樂園開幕，明日天地易名為發現地帶，加插噴泉光管散播人氣，建設用凡爾納(Jules Verne)在科幻小說的預言作藍本，總算抓回主題。

展覽沒提，我對蠻荒與探險地帶販賣的官能刺激卻耿耿於懷，遊人乘車乘船到人造森林河流穿梭，用電腦操作的機械模型，在不經意的地方探頭探腦，引來尖叫笑罵，多少人想到悚慄可以這樣廉價？電影裏模型經過鏡頭洗禮，可以惹人遐思，現實裏兜口兜臉就有點自欺欺人，然而美國人講究實牙實齒，思維需要抽絲剝繭，若憑直覺審視，引來晦澀的譏諷，他們不明白，妙趣可以盡在不言中，於是驚險也要繪影繪聲扼殺想像，在推銷想像的空間裏，不啻一種諷刺。

說回展覽，正廳鋪陳樂園意念的誕生，圍繞著它的六個偏廳各就各位，點出每個遊樂區的特色。你可以說構思抄襲迪士尼的軸心設計，我寧願相信它對樂園致敬。最匠心獨運，還是館長在每個偏廳安置配合該遊樂區的音響效果，不用煞有介事操作機械模型，已經掀動觀眾遊園的記憶。

原載《信報》「文化版」C-Mail 欄一九九七年十二月

傷痕畫展

單看展覽裏一幅幅落地卷軸，上繪奔騰的瀑布、映石的日光、盤坐如山的水牛……但覺氣勢磅礡，心胸為之開闊。轉頭讀畫家的生平，卻黯然神傷。

四人幫垮臺後，中國影壇一度盛行傷痕電影，今次溫哥華市立美術館展覽名畫家潘天壽五〇年至六四年的作品，可算傷痕畫展。

一九七一年，潘先生逝世，享年七十五歲，臨終前，在香煙殼紙背後題詩一首，當時他受監視，物資短缺，要用撿來的廢紙抒發胸懷，想是有感於心，不吐不快。詩曰：「莫此籠縶窄，心有天地寬，是非在羅織，自古有沉冤。」他努力在畫中開拓寬廣天地，身處的卻是窄籠縶。

文革期間，潘先生被誣衊為「反動學術權威」，初被軟禁，繼而接受勞改，家宅被人洗劫一空，畫幅呈獻出來作「犯罪証據」，其後更被押解回鄉，遊街示眾，接受認識的人批判。七十高齡無端被人貶為糞土，身心負創都不輕。潘先生平日對自己的作品極度嚴厲，往往在畫上題字，反省技法的不足，卻為瑣碎的政治評論，遭千夫所指，冤屈可想而知。

細心留意，展覽裏有好些畫留有粉筆的劃痕，是「文革」政奴抄過潘家的罪證，此外幾幅都曾受傷，刀痕從畫的左方開始，像斷裂的岩層般伸延到畫中央，潘天壽紀念館的修補功夫已經做到十足，然而重創始終留有疤痕，再看到《黃山松》與《晴霞》兩幅畫軸，因為下方的畫意似未盡，我杯弓蛇影，懷疑兩幅畫也遭受腰斬的噩運。牽強附會，說一九六〇年《鷲鷹磐石圖》裏，棲於險壁的禿鷹，似歌頌美國鷹派的雄風，也還有跡可尋，然而一九六二年的《雁蕩花石圖卷》，不過素描幾隻自花石間冒出的青蛙，依然難逃劫數，惟有低嘆，當群眾過剩的精力被誤導，會演變成無意識的胡作非為。

一九五〇年，潘先生被下放到安徽省與工農一起生活，這段時期的生活體驗，只混淆他的視野，且看六四年的《鐵石帆運圖軸》，分明是納涼的茅亭，改裝為揚旗的瞭望臺，一株奇詭的古松蜿蜒伸向天際，豪邁的畫意卻被右下方一列運煤的風帆破壞，當時潘先生的畫風已經傷痕纍纍了。

其實潘先生只在搬演歷史，一九三七年，作曲家蕭斯塔科維奇創作第五號交響樂，第一樂章採用比才《卡門》裏活潑的詠嘆調〈愛情是一隻自由的鳥〉的主題，第四樂章引用普希金有關再生的詩，得到褒揚，說作曲家分享一段心路歷程，起初充滿挫折感，暫時鬆弛，性格逐漸形成，知道為大我犧牲小我，與大時代共同進退，最後對前景充滿樂觀。三年前蕭氏的歌劇《穆森斯克郡的馬克白夫人》備受非議，為了在蘇聯保持作曲家的地位，蕭氏說要呈獻一首歌功頌德的樂曲，知音人卻聽到在最後一個樂章，蕭氏於弦樂部和木管樂部份反覆用A調，似在尖叫。表面上是一首慷慨激昂的曲調，其實暗喻當代蘇聯人的困境，對史太林的獨裁政體有所諷刺。

一八九七年，潘先生出生於浙江寧海冠莊，二十六歲畫壇泰斗吳昌碩老人稱譽他為「年僅弱冠才斗量」，還贈他一副篆書對聯：「天驚地怪見落筆，巷語街談總入詩。」當時潘先生在上海美專執教，致力把中國畫引入大專院校的課程，是腳踏祥雲的天之驕子。

完稿於一九九八年三月

遊畫

「丹青士心」展覽廳裏有「讀萬卷書，行萬里路」的名句，一半切合周士心教授在藝術領域一顆動蕩的心，他生於蘇州，二十七歲南來香港，一九七一年僕僕風塵到美國加州，宣揚明代吳門畫派的風範，五十八歲，為了追求田園境界，一家人又移民加拿大溫哥華，半世飄泊，周遊列國，三十多個國家的名山大川，盡是他的足印，行的何止萬里路？在展覽廳裏瀏覽了一會，忽有所感，倒想修改名句，「讀一卷書畫，如行萬里路」，希望不致畫蛇添足。書畫橫幅在陳列櫃野人獻曝，走的不過是展覽的捷徑，傳統的手卷是要給騷人墨客吃閉門羹的，重門深鎖，輕叩心扉，長卷像迎接貴賓的紅地毯徐徐開展，崇山、煙雲、林泉、松石、蔥樹、瀑布……盡收眼底，隨著卷軸引頸翹望，左顧右盼，看畫的真會感覺腰酸背痛，每幅畫一段淵源，那份疲倦倒是充實的。

不怕辛勞，我遊走在周教授一九七一年的《萬梅堂圖》，同名的其實還有傅抱石一九六七年的名作，傅先生的畫幅花團錦簇，點題的梅花紅豔欲滴，方便看畫人盡情擁抱，儘管背景的山樹都呈灰黑，畫面卻洋溢著春到人間的喜氣，畫中央的亭臺固然門戶大開，歡迎遊人參觀，也是畫的焦點。回看周士心，梅花都褪成白色，之字形分佈在畫面，似登山的嚮導，觀畫人的視線從漁舟上岸，踏過光滑的巉岩，提防會摔一交，攀過一個又一個的高山雲海，點綴在路旁的梅花帶來淡淡的喜悅，橙色的亭臺在畫端等待，小小的建築半隱在茂密的梅林間，似奧遜威爾斯電影裏的深焦距鏡頭，乍看周士心的山水不成比例，其實暗藏三遠法，畫下幅遠近山石同一尺碼，不是平遠法嗎？畫幅中段高山仰止，應該是高遠；在山前窺見山後的亭臺，可說是深遠。站在《萬梅堂圖》前，我天馬行空想到畢加索在二十世紀三十年代畫的一系列朵拉瑪爾肖像，儘管從側面看，各個角度的眼耳口鼻都盡收眼底，同一時期他畫的桌面也是這樣處理，他用幾何圖形和符號分析作品對象，再把元素重組，讓它們從司空見慣的形象中解放出來，美其名為「立體派」，多角度的視線，不是很有一點三遠法的理論基礎嗎？北宋的郭思秉承父訓在〈林泉高致〉倡導三遠法，隔著時間荒原，向一九〇七年在法國示範立體派主義的畢加索遙遙招手，我休憩在周士心的亭臺試作冰人，發出會心微笑。

我徜徉到周士心一九八九年寫的兩幅水墨畫，想起他與國畫大師張大千的筆墨情誼，兩人合繪題跋的畫多達二十九幅，耳濡目染，張大千的潑彩潑墨都漬染到周士心的山水裏，在《劉禹錫詩意山水》，我們仍然依稀追溯到樹與山的形態，劉禹錫的詩題在下款，不用我多費唇舌，像走獸的潑墨卻教我想起桑德堡的英文詩〈霧〉，試譯如下：「霧來到／踏著貓步／坐著查看／海港城市／靜靜蹲著／然後離去。」只要把「海港城市」換上「綠樹黃石」，幾乎可以題到畫的上款。

到了《兩岸》，除了畫幅下端還依稀辨出樹與石的映像，大半幅畫幾乎被大塊的黑色、綠色、棕色掩蓋，濃墨有時又被淡墨所破，化印出混沌迷朦的境界，我們可以牽強附會，說是海外遊子似有若無的鄉愁。中國的潑彩與美國波洛克的滴彩自然有一段距離，我依然情不自禁為兩者牽手，周士心即興式的潑墨，與波洛克超脫意識，陷於半昏迷的創作歷程不是很相似嗎？兩人都沒有腹稿，只是無中生有，興之所致，且看油墨引領他們到那一個境地。聽說波洛克捨棄畫筆寧取枝條，如果他懂得執毛筆，必定趨之若鶩，當然，周士心一如其他山水畫家，喜歡在作品裏留白，那份空靈的境界，與波洛克密集得透不過氣的畫面，倒分出中西的界限。

自從增建了玻璃橋，遊人觀賞大峽谷，學會居高臨下，幻想斷了安全帶掉進深谷的興奮刺激。一九八一年周士心描繪巨幅山水畫《美國大峽谷》的時候，還未有旁門左道，反為可以靜心憑欄遠眺，雙眼橫掃大峽谷弧形銀幕的磅礴氣勢，當然，美國人自己就畫了不少大峽谷的景致，例如十九世紀末年的湯馬斯摩蘭，他繪的黃石公園水彩畫是擲地有聲的說客，美國總統羅斯福過目後，不忘把荒野保護區撥為國家公園，力作《黃石公園的大峽谷》，更被收歸為國會第一幅美國畫家的風景畫，若想讓人輕拍背脊，還需要甚麼更高的榮譽？然而細看磨蘭一幅《大峽谷下陣雨的一天》，前景的綠樹和黃石還清晰可辨，身為主角的大峽谷卻有點行藏閃爍，半隱在迷霧中，採用深焦距透視，倒是有層有次，愈看愈像陷入一個神秘寶洞不能自拔。多個世紀以來，大峽谷始終是當地印第安人之家，一五四〇年西班牙人領先登陸，其他國家尾隨，磨蘭恍似幹了虧心事的鳩鳥，戰戰兢兢把大峽谷畫成不敢僭越的聖地。周士心沒有磨蘭的文化包袱，反為可以光明磊落，把一山一石呈獻在太陽底下，崇山峻嶺並沒有現實中的懾人，一個中遠鏡的全景，大峽谷化作一個個砍掉上截的樹樁，臣服在他的畫筆下，惟有雪花般的白雲玩掩眼法，和右下方的沙岩相映成趣。如果說《美國大峽谷》呈現的橙紅赭藍充滿陽剛之氣，對門而居的《加拿大洛磯山》調校花青和墨黑，織出陰柔全景多個深陷的絕谷，也是意筆多於工筆，飄泊在山間的雲霧不再俏皮，散發淡泊的情懷，這份輕逸的意趣，或者令周教授與加拿大私訂終身？感謝展覽館把兩幅畫像文丞武尉般掛在牆的兩邊，在中央的畫廊來去，一步一回頭，虛實對比，看似筆直的畫路原來迂迴曲折。

山水之外，陳列櫃推出一個金錢牌熱水壺，彷彿在家裏風花雪月正高興，包租婆卻上門催租，在香港某一段時期，聽説周教授為了交租，曾為熱水瓶繪畫牡丹文飾，我們向來把牡丹視為富貴花，祝壽祝婚少不了它當富麗堂皇的佈景，周教授卻認為花鳥畫的價值在於淨化人格，畫筆洗盡牡丹大紅大紫的鉛華，還它一個清白。記得小時候外祖父經營小商店，出售過金錢牌熱水壺，我們順手牽羊，不知拿過多少個回家，年少無知，只當牡丹是襟花，掉到地上只會多踩兩腳，熱水壺一失靈，立刻葬身垃圾堆，當時流行一個謎語：一味靠滾，猜日常用品，謎底就是金錢牌熱水壺，千禧年後回顧同一產品，歇後語可以改為「走寶」。

寫於二〇一一年十二月

年年畫畫

美食家嘗過佳餚，「鍾意」之餘，當然有權拍下「肉」照貼上臉書，為親友提供視覺享受。我對飲食向來得過且過，記得從科幻小說認識一顆藥丸，吞進肚裏可以治療飢腸轆轆，假如幻想成真，我並不介意拿藥丸當飯菜，騰出多點時間發白日夢。看見豐子愷一九五〇年春節畫的年畫我感到垂涎，並不是因為桌上的菜餚，根本豐子愷隨手勾畫，我也不知道碟裏盛載的是甚麼，羨慕的是良朋對飲的豪情。兩人都穿著布長衫，給人同一個鼻孔出氣的感覺，左邊穿棕色衣衫的人背著我們坐，看不見他的表情，右邊穿藏青長衫的人卻是喜上眉梢，棕色杯裏盛的應該不是酒，白桌布上不見擺放酒瓶，右下角的紅風爐上倒擱著一隻黑茶壺，水冷了隨時可以過去加熱，「猶似遙遠的茶香飄忽，手只獨自舉起，杯中的影子晃動」，猛抬頭，對座依然坐著一個有血有肉的人，會講會笑，隨時反駁自己的謬論，不會盲從附和，自己也不會因為逆己的話生氣，得到死而無憾的知己，應該就是這樣吧？兩人坐在涼亭裏，也不用掛個「請勿打擾」的字牌，賢內助已經深明大義地把隨時會像炮竹般爆響的嬰兒抱到外面，尾隨著愛撒嬌的女兒，看鄰居在平臺上放鞭炮，兩個孩子就在樓下手舞足蹈，年畫分割成五個畫面，各適其適譜奏家和萬事興，果然是「爆竹除舊慶昇平」，在這裏當然不是暗示婦孺無知，更無心鼓吹大男人主義，只是兩人肝膽相照的體己話，就只有兩人知曉。

其實良朋對飲的盛況又怎會在年畫止步，早在一九三六年的「草草杯盤供語笑，昏昏燈火話平生」，豐子愷已經初作熱身運動，一九四〇年的「煨芋如拳勸客嘗」更是變奏。先說一九三六年的一幅，好友捧杯面對四碟小菜，少了兩對筷子一盞油燈，似乎話興正濃，索性把茶具杯碟從涼亭搬進室內，繼續馬拉松。明月沒有在窗口照射，卻有疏星，一隻貓窺伺著，且看他們幾時施捨一點魚骨。美中不足是右下角的風爐前，有個孩童蹲在地上吹火，也許豐子愷不過反映當時的家庭狀況，可是有人快活有人愁，農奴的命運還不及一隻貓哩。再看一九四〇年的一幀，左邊的男子甚至未曾卸去衣帽，過門是客，豪邁的主人卻不拘禮節，也不用家奴，就在矮桌上升起一把火，芋頭煨熟，親自用筷子夾起來贈給對方，窗口的貓別轉身，平生不吃素，且看戶外可有野味。

假如小說含有作者的自傳成份，繪圖也可以晃動畫家的身影，展閱豐子愷一九五〇年的年畫，回首一九三六年的一幅，難怪我牽強附會請君入甕。待客的當然是畫家本人，過訪的想是亦師亦友的李叔同，我登時聽到噓聲，一九一八年李叔同不是已經削髮為僧，取號弘一法師嗎？圓寂時一襲袈裟磨得灰白，怎麼還會穿著布長衫招搖過市？然而豐子愷義薄雲天，我認為他銘記的始終是與李叔同的俗世塵緣。想是投桃報李吧？在芸芸眾門生中，李叔同對豐子愷的才情另眼相看，出家之後，依然不忘與他共事，《護生畫集》的意念就是這樣衍生的，李叔同（應該改稱弘一法師）仔細籌謀：五十歲兩人試筆五十幅，豐子愷寫畫，弘一法師題字，共慶生機。六十歲時再接再勵繪六十幅，餘此類推，到了百年大壽，應該可以百鳥朝凰。弘一法師達觀，豐子愷卻是誠惶誠恐，又不敢違抗師命，唯唯諾諾：「世壽所許，定當遵囑。」兩人兩度合作愉快，弘一法師卻於六十四歲捨他而去，等到七十冥壽，時維一九四九年，神州易手，豐子愷先到泉州拜謁法師的示寂處，再到廈門借一間屋，閉門謝客，苦幹三月完成《護生畫集》第三集，親自攜帶七十幅畫到香港，請葉恭綽老前輩寫詩。時局急轉直下，豐子愷晚年，遭逢文化大革命，一幅《滿山紅葉女郎樵》，輕描三片紅葉飄落，被人誣衊為影射紅旗墮地，下鄉勞改，罹患頑疾，須經醫生寫條批准，才能暫時釋放歸家，他已經七十多歲，深恐有辱使命，寧願拒絕吃藥，借養病為藉口，躲在家裏作畫，百歲百幅，終於功德圓滿。弘一法師百歲冥壽前四年，豐子愷搶先與他團聚，豐子愷沒有一擲千金為諾言保證，惟有捐棄自己的病軀，作為一個畫家，最理想當然是年年畫畫，身逢亂世，豐子愷起碼做到十年一閏。

在當今社會講究信義，會給人當笑話看待，都市人百務纏身，簡簡單單回覆電話已經忘得一乾二淨，更別提尾生抱柱的操守了。現在我看《護生畫集》，珍惜的不止是豐子愷對生物的慈悲心，還有他維護師生間的承諾，小心一如捧著景泰藍名瓷穿街過巷。

原載《大頭菜文藝月刊》二〇一七年一月總第十七期

謊畫

這麼一幅豔麗的花卉圖，要是懸掛在層樓更上的美術館，選擇有如恆河沙數，幾乎要把眼睛當作墨鏡推上額頭，疾步而過。名畫卻複印在旗幟上，有如侍衛般站立在購物商場的大堂中央，冷眼看兩旁的時裝精品店像一個個連鎖互扣，彷彿要在塵埃翻飛的鬧市開闢一角文化花圃，不禁駐足看了兩眼。想說的是小揚·布呂赫爾（Jan Brueghel the Younger）在一六二五年揮毫的

《彩陶瓶裏的花束》（Bouquet of Flowers in a Faience Vase）。說明文字裏的一句：「這幅畫是典型的畫室風格，呈獻一大疊搜羅的鮮花，其實在一年裏不同的時令開放。」更令我沉思了一會。無疑畫板上插滿白色的鬱金香、淡紅橙紅的玫瑰、紫藍的鳶尾花、黃色的貝母屬、藍白的百合，點點星黃的勿忘我……，像畢業生領取文憑後合拍一張團體照，青春永駐。解畫人提醒，倒讓我想到花朵就算多盛放在春季，到底也是不同的月份，二月花與五月花就緣慳一面，三月含苞待放的玫瑰與鳶尾花，可能嗅不到六月鬱金香璀璨的芬芳，一些花卉比如百合，壽命只得一天，採摘回來，經過插花藝術與新相識濟濟一瓶，加上畫家細意構圖，夏日踟躕，鮮百合已成殘花敗柳，要在室內重塑園裏百花齊開的盛況，純屬畫家閉門做的香車，換句話說，擺在眼前的不是事實，而是一幅說謊的畫。

想到《彩陶瓶裏的花束》自塵封的歲月揭起面紗，不過為消費主義社會塗脂抹粉，回到家裏依然耿耿於懷，即管從書架上抽出溫迪修女的《一千幅傑作》，試圖用大師的筆觸漂洗口腔的苦澀。溫迪修女列舉的一幅心頭愛，是安布羅修斯．博斯查爾特（Ambrosius Bosschaert）一六一八年繪的《瓶花》（Vase with Flowers），結構竟與布呂赫爾的畫如出一轍，都是花枝堆疊散開似十字架，相隔七年，兩位畫家不約而同披上雕塑家的白袍，把濃豔的色彩刻到畫板上，回想適才解畫人提過的「典型的畫室風格」，相信就是十六、七世紀盛行的尼德蘭繪畫的巴洛克時代畫風（Flemish Baroque style），主張高度華麗的巴洛克風格從建築開始，蔓延到其他裝飾與藝術，嬌俏的瓶與花正好滿足這一要求。

巴洛克風格未必是我喜歡回味的清茶淡飯，並沒有驅使我貶低它的價值。布呂赫爾的這幅畫由是令我想起董啟章對文學的兩句質疑：「文本裏有真實的東西嗎？一切所謂的真實，經過語言的再現，不是就註定要變成別的東西嗎？」當安伯托．艾可提到閱讀小說時，讀者好應收拾起懷疑，接受一個虛構約定，相信小說家構造的建築，說的也是差不多的意思。藝術不也是一樣嗎？攝影術發明之前，我們總期望畫家忠實地向後世人傳譯眼前的景象，殊不知經過色彩的調校，終要表達的純粹是藝術家心目中的幻影。超越謊言，從《彩陶瓶裏的花束》，我又看出另一些頭緒。無疑布呂赫爾處處引發生機，鮮花之外，彩陶瓶還刻有代表水的女神形象，花間飛舞著蜻蜓與蝴蝶，象徵開枝散葉，花瓶旁卻掉落花葉，有明顯的凋萎跡象，枝杈間隱約有蟲蛀，青灰色的木桌上更伏有小小的蟲屍。花卉都是短壽的植物，畫家把它們簇擁在一瓶，溫迪修女說是迴避時間，我更覺得是對逝去的光陰的感傷，布呂赫爾其實想要描繪生命裏的榮枯，姹紫嫣紅開遍，都不過是斷井頹垣前的華麗。

原載《大拇指臉書》二〇一七年六月二日

馴悍圖

加點深淺不一的藍色在海濤上，插入三葉深棕色的扁舟，幾乎可以改頭換面為葛飾北齋的一幅浮世繪，然而羅伯特·杜特斯科（Roberto Dutesco）無意重拍《富嶽三十六景》之一，要表達的是「太平洋的葬身地」，就在加拿大諾華斯高沙海岸對開一百多里的塞布爾島。自從十七世紀，小島成了超過四百七十多宗海難的救護站。柑橘色調的畫面，底部平靜而又陰暗，是中央的白頭浪掀起高潮，有海嘯的聲勢，捲起的浪似小丘，又會搓成一個圓球，天空像濺滿水珠的窗玻璃，照片的微粒就是空中的水花，取名《風暴》。

其實杜特斯科的拿手好戲不是波濤洶湧，而是塞布爾島上的野馬，已經成為他的註冊商標的一幀照片名喚《憤怒》，主色也是柑橘，兩隻金棕色的馬疊成一體，前面一隻低頭，後面的同伴昂首，構成三角形。島上除了泥和碎石，偶而幾株野草，就是無窮無盡的沙。算是聊以自慰，兩隻馬堆疊成山的形態。風真是強勁，馬匹深黑色的鬃毛給吹得像掃帚，或者杜特斯科實在要表達的是怒髮，儘管馬的四蹄都插進沙裏，因為風的緣故，依然可以感覺到馬身的搖晃。據說野馬的祖先都是水手的棄兒，或者海難後被衝上沙灘的倖存者，都是不情願的移民，難怪牠們憤怒。野馬並沒有樹蔭遮擋日曬雨淋，全憑海草和雨水填滿的池塘維持生命，前額和背上的流光，就是生命惟一的撫慰。

假如塞布爾島是淑女，完全符合窈窕的標準，島長四十二公里，闊度只有一點五公里，無處躲避沙塵滾滾，兜口兜面到來的時候，相濡以沫就是心靈的救贖。杜特斯科有兩幀照片描繪馬的砥礪。在《愛》裏，他特寫兩隻馬頭，亂髮突顯狂風，還是依偎在一起，這就是耳鬢廝磨吧？《吻痕》裏，雌馬依偎雄馬，不止作嬌嗔狀，索性張口噬咬，馬頭的結構似乎不容許「佯羞半吐丁香舌」，一段濃牙是口脂」的情調，露齒輕舔，算是最親昵的境界。

狂風沙颳起的不止是愛情，還有友情。一幀名為《蓮達、克里斯蒂、納奧美》的照片特寫三隻馬頭，最右邊的一隻微昂著頭，眼下有人字形的疤痕，其他兩隻低頭望過去，似乎向她慰問，只看馬頭真難辨認雌雄，風中舞起的鬃毛像長髮，就表達了女性的嫵媚吧？定睛再看，三隻馬背後還冒起兩隻馬頭，只露出小部份，四隻耳朵像天使的翅膀，也像光環般在三女性的頭上轉動。

既然有「害群之馬」一說，馬應該是群體動物，杜特斯科一九九七年的《西部奔馳》，拍攝的就是七駿賽跑的場面。光線把馬照射成或深或淺的棕色，頭都向左，面對茫茫西部，馬奔馳時踢起塵沙，隱約看到蹄下冒出一小撮草，這個地方始終荒蕪，路邊似乎有零落的球狀植物，看不清楚，會不會只是馬的排泄？遠方的草似乎較為茂盛，黃沙掩映，會不會都是海市蜃樓？

一畫抵千言，我孜孜用數字量度塞布爾島的面積，杜特斯科用映像已經令我們一目了然。一九九七年的《從過去到現在》，橫拋到太平洋的塞布爾島，就像在海中載浮載沉的一根絲線。儘管淺窄，卻是野馬自生自滅的地方，畫左方大小不一的馬似乎展示家庭樂，畫右方站著孤獨的一隻馬，是羡慕合家歡？還是享受無家一身輕？島下方的海水平靜，眨眼幾乎像是島伸延的淺灘。相較起來，島上方就波濤洶湧，說是從過去到現在，時光向上推展，還是向下倒流？

天地廣闊，任我們走萬里路，總有涉足不到的地方，那時刻，我們只好釋放想像中的野馬，任牠們在茫無所依的大草原上奔馳，杜特斯科似乎也服膺這論調，他就曾說過：「我們的見識愈廣，就會覺得自己無知，因為時間正在緩慢揭開過去那些不為我們所知的事實，這個道理同樣適用於塞布爾島，這是一個被時間遺忘的地方，發生在這裏的故事和悲劇，籠罩著層層煙霧，它們中的大部份都隱藏在時間和悖論的謎團中。」一幀幀野馬圖，嘗試把我們心底的強悍馴服，然而傳統裏的迷霧真的可以完全撥開嗎？杜特斯科充滿樂觀：「的確，我們正站在一個新世界的邊緣，新的發現和史前古器物的發掘，將大量史前的知識和遷徙資料，再次呈現於我們面前，我們對歷史的認識日漸明朗。」日漸明朗並不等於完全清楚，杜特斯科的一幀作品反駁了這幾句話，題名《獨角獸》，試圖澄清《聖經．舊約》中的一隻生物，這匹馬額頭真的只有一隻角嗎？杜特斯科用輕紗遮掩鏡頭，我們隱約看到一匹長鬃毛的馬，並不確知牠額頭是否只有一隻角，旁邊的草也朦朧，只有前景的一束花最真切，看來我們的知識還是只達到一個程度，狂野依然在神話裏嘶叫。

原載《大拇指臉書》二〇一七年十月二十四日

未忘本

以為方召麐醮染焦墨練習書法，卻是用隨意的筆觸勾畫巉岩的輪廓，再用青藍色彩複染，山嵐瘴氣都像牆壁般挺拔起來。有如過紅海的摩西，她再把懸崖峭壁往兩旁一推，騰出一條羊腸小徑，蜿蜒指向天際。山路崎嶇，行客卻怡然自得。分明是傳統北宋山水畫的格局，她倒巧妙地插入現代的景致，比如散佈在經典山水畫裏風雨飄搖的涼亭，她用貼有「福」字和「太平」字樣揮春的窯洞民居取代，嚴峻中自有一份祥和。方召麐的風格發展到一九九〇年代，已經我手畫我意，膽大心細屢行險著。一九八八年的一幅紙本採墨《大青綠》，就預告這條路向。我踏進亞洲協會香港中心的麥禮賢夫人藝術館，參觀「道無盡：方召麐水墨藝術展」，畫幅從天花板瀉下來，直逼地板，我登時想起李白在〈將進酒〉的兩句：「君不見黃河之水天上來，奔流到海不復回。」耳際響起澎湃的瀑布聲。卷軸足有十四呎長，需要另築平臺承接，似象拔在池邊汲水，畫裏的銅牆鐵壁頓時顯得柔軟。

方召麐的技巧固然引人入勝，更令我動容，是她對本源的執著，銘刻於心。嶺南派氣韻生動的畫風就令方召麐過目不忘，她師承趙少昂，學懂用白粉加工，增強繪物的立體感。一九五三年的《玉蘭八哥圖》，本來是傳統的花鳥畫，她用白粉描畫玉蘭，畫面頓時顯得魔幻，再看一樹橫枝，是輕描的數筆，八哥似乎棲息在空氣間。方召麐引用清代玄燁的〈玉蘭〉詩：「試比群芳真皎潔，冰心一片曉風開。」故意隱去前兩句：「瓊姿本自江南種，移向春光上苑栽。」存心用八哥回顧的玉蘭暗喻故鄉江南，鄉愁更是欲蓋彌彰。

跨過門檻又是另一個紀元，她遍遊中國的名山大川，黃山、華山與長江三峽開闊她的視野，一九八八年的《黃河》，重心點是水之湄一座巍峨的山，對她來說，想要表達西北黃土高原經過風雨侵蝕的情景，傳統山水畫用的皴法已不足夠，她用揉皺的紙沾染墨水壓到畫稿，再用不透明礦物質顏料混進水墨，營造層次分明的效果，更用蒼勁的書法加強山的紋理脈絡。整個畫面也帶著建築的意味，從下往上望，先有船帆在水紋間嬉戲，再有圓石在河中露面，如孩童玩樂的沙包，沿岸葳蕤的野草像被風吹亂的秀髮，再往上望，卻是穩打穩扎的樹，沿小路而上，有貼著揮春的山洞人家。方召麐並沒有堆牀疊被，興之所至在這裏加一點，那裏加一劃，不覺來到山巔，方召麐用白粉勾畫遠山，眨眼像過眼浮雲，也可以說是魑魅魍魎，原來寫實巍峨的空間，驟然感染到虛妄詭異的色彩，隔著悠悠歲月，向嶺南畫派致意。

教益何止得自一家，早在出生地無錫，方召麐已經跟從錢松嵒與陳舊村摸透傳統畫技，嶺南門派提供另一局面。一九七〇年在美國加州卡密爾，最令她難忘，有機會隨侍張大千，獲益匪淺，學問就是不論年齡性別，只講究投緣。辭別恩師十年，仍覺依依。一九八二年繪就的《違教十年有懷老老師》，盡顯思念之情。畫面割裂成五個孤立的小島，山石似癩痢頭，就靠蜿蜒流動的江水洗滌，畫下方的孤島有持杖老人與稚趣孩童，寄託師徒情懷，上有兩人背著觀眾，看不到面目，依然感到他們望眼欲穿，身體語言流露不捨之情。英文題目回應卡密爾，憑畫寄意，方召麐再度追本窮源。

這幅畫共有三處題款，其中一款是：「作畫如寫文，須將自己感情注入其中，方可以談創作之道，技巧為次要問題也。」當時算是自勉，過後思量，倒像哀慟的前奏曲。再過一年，張大千病危，方召麐完成《以寄哀思》，追憶大師。靈感來自石濤，本來在畫幅不常見的地方落款，她別樹一幟，更在山石的空白處舒發胸懷，八三年四月十七日至廿八日，寫下九處題款，自問人對生死無從操縱，常念在卡密爾侍候大師的一年，近來荒廢畫業，決定努力追補。大師撒手塵寰，未能及時送喪，惟有在遺像前遙寄哀思，更擔心師母師弟日後生活。追思過後，又反芻大師的訓誨。張大千對藝術有獨特的見解，強調畫家成功在於努力，不信學校教育，要畫出成績全靠自修。回想大師病情反覆，一度可以灌飲粥湯，以為有了轉機，卻是迴光反照，更感生命無常。大師火化，且繪這畫紀念。追溯一九五三年，初拜大師門下，想起大師賜贈對聯，深覺繪畫一如攀高山再步下，最後用張大千八言聯作結：「款竹誰家盟鷗某水，看花南陌命酒西樓。」似乎提醒大家，張大千除了把潑墨潑彩玩弄於指掌之間，更可以把文字當蝦兵蟹將從容調度。十多天內，方召麐多思多想多淒酸，感情起伏跌宕，用文字紀錄，有如譜奏悲愴交響樂。《以寄哀思》的畫面結構有點像《大青綠》，巉岩峭壁聳立一如屏風，方召麐在上面寫字，就像勤念大悲咒，超度亡靈，書法取締傳統的勾皴點染，密密麻麻，看得人喘不過氣，她又會在山石當中闢出一條新路，畫兩個苦行僧，讓綳緊的畫面稍為舒放。

方召麐經過前輩的啟迪，並沒有擺出老大姐的姿勢，明白到創作的基本就是承先啟後。一九九七年她與同鄉丁雄泉合作的《以畫法寫樹及人物》就是好明證，她先在紙上打草稿，再讓丁雄泉著色，未必呈現抽象表現主義的純粹感情交流，卻帶著波普藝術的跳脱，桃紅柳綠本來依循縱橫的線條，來到畫幅上方，擺離線路自有方向，把紙本採墨帶進另一個境界。

原載《蘋果日報》名采版「客座隨筆」欄二〇一七年十二月三日

放大・中國

記憶有時真會開玩笑，遇到生張熟李都稱兄道弟。來到香港大學美術館參觀「博薩特在中國：記錄一九三〇年代的社會變遷」展覽，在「戰爭時期」的環節看到博薩特拍攝延安的紀錄片，立刻聯想到三年前香港電影資料館紀念抗戰勝利七十週年，舉辦「抗戰的記憶與反思」專輯，其中一部《延安內貌》，不就是攝自博薩特的影機？回家補課，才弄清楚這部影片又名《西北線上》，是中國編導三人組林蒼、徐天翔與金昆於一九三八年冒險穿過槍林彈雨前往延安的捨命作品，記錄八路軍受訓的歷程，旁及人民在魯迅藝術學院和陝北公學上課與文娛活動，剛才我不過是張冠李戴。同樣深入延安，博薩特倒有機會訪問當時還算心懷大眾的毛澤東，聽他分析中日戰爭的走勢，兼談游擊戰術、經濟發展與國共關係的大題目，博薩特身為戰地記者，除了拍攝黑白照片和十六米釐影片，還撰寫〈困擾日本的中國藍領紅軍：從遙遠的延安統治中國〉一文，因而聲名大噪。外國人用西洋鏡放大中國，往往加工泡製異國情調，且讓我們看看博薩特怎樣在歷史的真相與偽裝之間求取平衡。

「西北及蒙古冒險考察」一環節，博薩特藉十六米釐電影攝影機引領我們遊歷熱河省和內蒙古，十多分鐘的電影裏，我們看到蒙古婦女把長辮盤結到頭頂成髻，再披上頭巾，典型少數民族的裝扮，始終擺脫不了傳統婦女的職責。幫忙女兒穿衣，服侍夫婿進食，在家裏生火燒飯，操勞過後還要背著籮筐到野外撿拾動物糞便。反觀影片裏的男性活動，多是射箭套馬摔交。一九三〇年代，似乎走遍世界各個角落，始終擺脱不了父權社會的剝削。猶幸有客過訪，帶來二胡，蒙古婦女總算有點娛樂。博薩特深知東方的神秘色彩，會令西方媒體慧眼相看，照片方面標奇立異，拍攝一名蒙古王侯的妻妾，把翡翠珊瑚綠寶石當作鳳冠霞帔，一名養羊起家的藏族富豪，用皮革把自己濃包密裹，滿足觀眾獵奇心理。然而他的徠卡相機又會瞄準烈日下曝曬過久而致斷裂的黃土橋、辛苦拖曳卡車邁向西安的騾隊、商旅隊伍休憩時觀賞拉洋片表演和皮影戲。青海塔爾寺的經學院，僧侶學生潛心修煉科學知識，面對鸚鵡身體不同部位的圖片接受醫科考試。中國西北滿風沙，博薩特不忘記錄知識與閒情。

未當攝影師之前，博薩特辭去教職管理動物園、從事珠寶買賣、攀登喜馬拉雅山，活脱脱是從毛姆小説走出來的男主角，充滿冒險考察的傳奇色彩。受命拍攝一九三〇年代中國的「日常生活」環節，倒又意定神閒。這個角落沒有紀錄片，幀幀黑白照片繞場一週。展覽入口的一幀照片，已經顯露他的功力，對象是北平一名女售貨員，身穿長衫手執網球拍，站在兩輛人力車前擺姿勢，捕捉到一份中西合璧的雅興。市集裏兩名小販捧著葫蘆瓜在耳邊聆聽、玉米磨旁夫唱婦隨、村民與訪客互相鞠躬，都流露純樸的民風。重慶市挑水工人與巡邏警員，在狹窄的街巷肩摩轂擊，帶出互相容忍的意味。博薩特倒沒有迴避人性的陰暗面，一幀「剪去雞翅膀」，原始的血腥味撲鼻而來。一九三〇年代戰火自東西方點燃，是個動蕩的年代，然而人都不是為戰爭而生，四野隨時烽煙四起，凝聚在照片的剎那，人民只渴求一點安樂。

真的面對戰爭，博薩特的鏡頭令我們感到脅逼，「戰爭時期」的環節放映三部短片，最觸目是漢口淪陷的片段，民居被敵機轟炸後，火勢熾烈，人民卻只能搬運一小桶一小桶的水試圖撲滅，只顯得群眾力量微薄，然而敵愾同仇，他們依然作垂死的掙扎。博薩特的鏡頭野心勃勃，想要捕捉更多，影機隨意拍攝，民眾多不知道自己成為被拍攝的對象，因為不自覺影機的存在，他們都不會演戲，對比政要人物像模特兒般在鏡頭前擺姿勢，他們流露的感情更真摯。有一幕民兵圍在一起吃飯，有人把菜餚不斷夾到同袍的飯碗，自然流露相濡以沫的情態。也是升斗市民與民兵的照片提供妙趣，一個正在接受防疫針注射的孩子，需要護士掩蓋他的眼睛；游擊隊接受訓練時穿越荷花池，鋼盔與蓮葉互相輝映。令人低迴還有這一幅：市區水管爆裂，人們需要從長江運水到法租界，前景是荷著兩個水桶的挑夫，背後出現一間戲院的廣告，宣傳秀蘭鄧波兒（即莎莉譚寶）主演的《小海蒂》。無論生活怎樣厄困，人們依然需要歌舞昇平的承諾，如果戰前已經發明智能手機，相信走難時人家仍會忙著登上社交網絡。

展覽提到：「靜態照片所呈現的，並非是一個自然而真實的時刻，而是一個經過精心策劃，人物與周遭景象之間的平衡。」原來照片可以憑空臆想，於是一幅「草原音樂會」，展示的是穿著傳統服飾的蒙古青年圍繞著留聲機聽唱片播放，一幀「偽裝的士兵」，鏡中人身上蓋著禾桿草，另一幅「中彈的士兵」，更是擺拍的照片。圖片說明每多精簡，很多時候博薩特卻是長篇累牘，透過文字讓我們與湮遠的風土人情打個招呼。吊詭的是，一些文字又與映像有所抵觸。譬如一幀「在清晨梳妝打扮的婦女」，座臺鐘的指針分明顯示清晨已遠的早上十一時五十分；另外一幀註明「在永定門前，一名受了傷，坐在汽車踏板上的中國人正在等待進城」，汽車招展的卻是本來與中國人勢不兩立的納粹旗，是否有一段時期敵我一家親？真相未明，我們也只好對著照片揑造故事。

原載《蘋果日報》名采版「客座隨筆」欄二〇一八年八月五日

北上西九龍訪東南亞

一根線把香港、越南、新加坡、馬來西亞、泰國、印尼與菲律賓貫串成大圓環，可以追溯到上世紀五、六十年代，穿針引鳳的是省港伶人任劍輝、白雪仙、白玉堂、馬師曾、薛覺先，他們勤於走埠，讓為口奔馳到東南亞的華僑，可以憑藉弦歌緬懷家鄉的璀璨。香港與南洋的淵源並不限於粵劇，一九〇四年新加坡的張永福與陳楚楠創辦《圖南日報》，「忍令上國衣冠淪於塗炭，相牽中原豪傑還我山河」的字樣，像峨眉月舉頭印在隨報附送的月份牌，吸引孫中山低頭思故鄉。革命花火就從中國燃燒到香港，綻放在東南亞的上空。在這裏不打算預告明年香港藝術節的「粵劇在南洋」項目，更無意回顧多年前在孫中山紀念館的「俏也不爭春」環節。專心遊走西九龍文化區，參觀「南行覓跡：M+藏品中的東南亞」展覽。沒有瑞雪的氣候、原身是殖民地的政治環境、南來的粵語方言、百花齊放的宗教信仰，讓香港與東南亞遙相呼應。趨向極端的亞熱帶溫度、嗜辣的品味、激情血腥的街頭表演，又拉遠兩地的鴻溝。行行重行行，來到國境以南印度以東的地段，這麼近那麼遠的感情維繫，像聚光燈反照我們自身。

進入昏暗場館，最搶眼是戴昆寧的《廖內》，明淨的布幕上，斷斷續續的電影片段，記錄海人（新加坡原住民）生活的鱗光片羽，他們很少著陸，船就是家，儼然是波浪的遊牧民族，在種族歧視與困厄處境間穿梭，堅忍求存。能屈能伸不也是「在地脈絡」一環節的主題嗎？曾凱豐把新加坡巴士站常見的橙色塑膠椅座串連成環，取名《無所等待》，就是俏皮的藝術品。帕恰亞·菲因桐在曼谷街頭偶拾塑膠袋裝紙包磚頭，本用來顯示停車位置，擺放在M+展亭，就是社會雕塑項目。藝術家也會向傳統和歷史打主意，大清至民國初期，馬六甲海峽華人流傳的娘惹瓷，經過陳彥翰抹去粉彩，貼上彩色圓點，噴砂加工，聲價十倍為無蓋器皿和燭臺。茜姆朗·吉爾的森林照片系列，見書頁打扮成樹葉，或是剪成圓環，套在活生生的樹幹，任大自然風吹雨打，終會還原為做紙前的纖維材料，紙頁從記錄英國殖民主義擴張的書籍撕裂，攝影場地取材自昔日的軍事據點，本土物事經外來思想薰陶逐漸同化，不知是好是壞。

東南亞多個國家經過獨立洗禮，是否意味成長？上世紀三十年代，法屬中南半島旅遊局發佈的宣傳海報，前景一名越南婦女把生活裝載蘿筐扛到頭頂，背後的姊妹默默肩挑重擔，殖民政策表揚刻苦的奴隸形象。荷屬東印度旅遊資訊局那幅，歌舞女郎頭戴羽毛冠飾，石印紙本下擺只剪裁到她心胸，穿著露肩服裝的身軀看似裸體，旅遊海報頓成情色地圖。政權交替未能擺脫專制，基瑞達雷娜的《擦去的標語》，用一九七二年菲律賓社會運動的照片做藍本，抗議馬可斯政府頒佈戒嚴令，憑藉數碼科技洗去示威牌上的標語，故意站在獨裁者的立場，對民眾要求視而不見。隱惡揚善似乎就是「國家與政權」這環節的反諷主題。林育榮的《流動線條》卻反其道而行，鏡頭徐徐向前推進，揚帆在新加坡錯落的下水道曳航，挖掘都市見不得光的面目，影像奇詭而又滿布瘡痍。三樊幕旁倒吊盛滿樹葉的網袋，水流入海前，像燒香客齋戒沐浴。巴斯·普林參的《腹地：海峽》也是異曲同工，淡紅彩藍的洞穴照片，原來是新加坡儲藏石油的地下倉庫，應該景仰神秘曖昧的大自然，還是羨慕新加坡富裕的能源？任從尊便。

天涯若比鄰，何況東南亞各個國家相距不遠，在貿易和思想固然時有交流，反映到藝術上，畫家與設計師企圖打破國界，甚至衝破一種媒介的極限。石家豪的《吳哥大樂隊》，靈感來自電影《花樣年華》，人物大兜亂，主角配角客串彈結他打鼓，導演王家衛更赤膊上陣敲木琴，帶點戲謔看職業化這回事，也趁機向七十年代來港謀生的東南亞歌手致敬。海報多用形象吸引觀眾，陳益為 Werk 展覽設計的一張，專注以彩色文字撞擊眼球，而且深淺不一，視覺上營造特異的效果。 提拉萬尼加的《隆隆不是隆、隆》，兩部相向的電視機擺放桌面，播放藝術家說出「隆」這個字的片段，模擬回音效應，兩部電視機彷彿跨國說出既相同復相異的話語。阿拉雅·拉斯迪阿的《村落與他處》錄像系列，不斷的溶鏡拍攝南洋僧侶用佛偈向村民講解兩幅西洋名畫，見證畫論無國界，全憑個人的體悟。如果說南北一家親就是「跨國流動」那環節的主題，趙德胤的《海上皇宮》另闢蹊徑，外籍女工急步想要還鄉，旅程卻像荒廢的海鮮畫舫一樣篇條，最後倒行回修車廠，像胚胎瑟縮進鐵欄柵，在新世界思舊巢，南北兩親家貌合神離。

建築也是展覽的重要元素，檔案資料、房屋模型、照片、文件、幻燈及投影分佈場地三大環節。事實上，自從東南亞的國家決定與過去斬斷情緣，紛紛向現代主義風格拋媚眼，儘量擺脫民間模式與民族標籤，幾幀照片展示似闊銀幕向橫伸展的樓房，就有佛蘭克·勞埃德·賴特的投影。月亮不只是外國的圓，建築師因應亞熱帶的氣候，也會採用木條屏風、格欄、屋簷達到自然採光和交叉通風的效果，亦嘗試熱帶高樓、綠色建築、竹造的風與水酒吧和機器人大樓的實驗。這些年地產公司如雨後春筍，有人把心思放在樓宇造型，才令看房子的人眼前一亮。

大展徐悲鴻圖

一匹馬迎過來，頭回轉，左邊前蹄舉起，鬃毛與馬尾迎風飛揚，是徐悲鴻一九四七年的紙本水墨《立馬》，擺設在二樓常設展覽廳，為我攀登到三、四樓參觀「悲鴻生命——徐悲鴻藝術大展」作好熱身運動。北京美術學院慶祝建校一百年，舉辦大型展覽，一自年輕，悲鴻先生已經提議在中國創辦第一間美術學院，如願以償，他被委任為開校第一名院長，今次校慶，用他做主題，實至名歸。然而展出的作品超過二百多件，畫作包括人物、花卉、風景、飛禽走獸，還未提畫家藏品例如《八十七神仙卷》和《朝元仙杖圖》，要詳細介紹實在不可能，我感覺有如一頭無助的鼠，不知從何埋手，忽然想起徐悲鴻拿手畫馬，不如以馬當龜，一探大師的功力。

從事美術教育，徐悲鴻最注重素描，就曾說過：「素描為一切造型藝術的基礎。」四樓展陳大批素描，不乏自畫像，其中一幅一九二二年繪就的紙本素描，用鉛筆畫自己西裝畢挺的上半身，背後隱見兩匹馬，是自畫像裏惟一出現的動物，徐悲鴻似乎認定馬是他的繆斯。二十世紀二十年代有一幅素描取名《馬夫與馬》，馬回過頭來依偎馬夫，徐悲鴻再次奠定自己與馬的關係。同一時期他還素描一匹黑馬，並且用法文加上題跋：「啊！生活！它不過是耗盡我的努力，我的慰藉，消滅我身。」當時他遠赴巴黎，在國立高等美術學院深造，典型窮書生生涯，身為外國人，畫得好稿也不能參賽，黑馬可以說是他的自畫像。一九三一年的素描《秦瓊賣馬》則向《隋唐演義》打主意，畫中的黃驃馬四蹄分叉成兩個八字，颯飄的英姿引得茶客驚豔，黃驃馬似乎知道自身難保，張惶地望向主人秦瓊，流落客棧的秦瓊被店主逼得走投無路，雙眼茫然望向虛空，馬與人的視線並不交接，製造落空的效果。徐悲鴻回國後，起初依然鬱鬱不得志，這幅素描又是夫子自道。

馬只佔大展中的小部份，並沒有做成奔騰的氣象，三樓倒掛有八幅駿馬圖，各自遙領風騷。一九一九年的《三馬圖》，畫在紙本設色卷軸上，用背後的松柏突顯前景黑白紅三匹馬的天倫樂，徐悲鴻天生對馬有體悟，當時他還未到巴黎深造馬的解剖學，已經準確地掌握到馬的構造和活動型態。筆下的白色雌馬與小紅馬母子親昵，孤立的一匹雄馬昂首，右邊前蹄微微屈起，小紅馬也就有樣學樣，流露一份童真。當時徐悲鴻從康有為學習書法，恩師贈他「寫生入神」四個字。徐悲鴻不喜歡畫臥在地上養尊處優的膘肥壯馬，不是站立就是狂奔，都是身材瘦削，背上沒有馬鞍，嘴裏不含繮繩，不似家畜更像野馬，狂飆奔放。四隻馬蹄也折疊出多種形態。譬如一九三九年的《立馬》，前蹄互疊，一九四二年的《宋人匹馬長嘯詩意》，前腿一前一後擺放。他畫群馬更是多姿多彩。同年的《群奔》，左邊的馬前蹄互疊，後蹄凌空，中間的一匹前蹄直伸，互疊成三角形，右邊的馬前蹄交叉，後蹄踢起。最精采還是一九四一年的《奔馬（長沙會戰）》，前蹄交疊，與馬尾形成對角線，幾乎像要從紙本裏躍出來。甚至畫小方格的馬，徐悲鴻也絕不苟且，一九三九年的《十二生肖》，黑馬只佔一小篇幅，卻是四蹄凌空，雄姿英發。

臨摹眼前的人事景物之外，徐悲鴻亦向民間故事取經，《秦瓊賣馬》就是好例子，興之所致，他甚至擴展成巨幅，比如《徯我後》、《愚公移山》及《田橫五百士》，今次都有展出。素描《秦瓊賣馬》的一年，徐悲鴻自《列子》攫取靈感，完成《九方皋》第七稿，足有一三九釐米高，三五一釐米寬，黑駿馬佔據巨幅正中，是畫的焦點，徐悲鴻運用的筆墨濃黑如錦緞，旁邊九方皋卻是衣著雅淡，構成深淺鮮明的對比，背後兩人輕佻的表情，又襯得九方皋沉著冷靜，這次黑駿馬與九方皋四目交投，彼此心有靈犀。故事中最弔詭的地方，是九方皋分明相中一匹黃色的母馬，著令馬夫牽到秦穆公跟前的卻是一匹驪黑的公馬，以致秦穆公以為他神經錯亂，其實九方皋從黑色的表面看到精華的內裏，徐悲鴻想要諷刺一些只重浮誇不求實質的人。值得留意的是，徐悲鴻筆下的馬從來不套繮繩，今次卻由馬夫用紅繩牽制，似乎自打嘴巴，徐悲鴻自圓其說：「馬也如人，願為知己所用，不願為昏庸者所制」，大有「人生得一知己足矣，斯世當以同懷視之」的氣概。

先聲奪人，展覽張貼一篇洋洋灑灑的前言，確認「悲鴻生命——徐悲鴻藝術大展」重在其命遂志、不負使命、弘文立命，展覽細分為「民生關切」、「家國情懷」、「終生為師——徐悲鴻與中國美術教育」、「典守精神」四大部份，強調徐悲鴻憂國憂民，「引西潤中」固然是徐悲鴻的志向，說他「以藝報國」卻是有點言重了。徐悲鴻始終是一位畫家，注重作品的造型與構圖，會為生活中看到肌肉均勻的船夫而感動，憑藉焦點透視、光影與色彩追求物象的真實感，過份渲染他的政治色彩，只會局限藝術家的視野。離去前在二樓看到司徒喬一九五五年的《套馬》，左邊的馬隊背對參觀者走向縱深，右邊十多二十匹馬像弓弦上發出的箭，射向畫框外，畫面上有風沙。徐悲鴻的馬都寫實，來到司徒喬筆下變成半抽象，似乎這才是悲鴻先生樂於見到的趨勢。

數碼敦煌啟示錄

迷信原來承受一雙白鴿眼，要是隔壁的上海婆說：很久以前樹會說人言，霎時人幻變為牛馬，轉頭雞犬又還原成人，陰陽本無界限，道士隨時把靈魂遣送陰曹，魂魄又可以附托道士身軀重返人世……言之鑿鑿，我們只覺得她服錯了藥語無倫次。《忘夢洞》（Cave of Forgotten Dreams, 二〇一〇）裏，法國史前時代學者尚盧（Jean Clottes）接受華納荷索訪問，搬弄同樣話語，說是三萬二千年前舊石器時代住民的生活方式，還分辨出「流動」（fluidity）與「容易滲透」（permeability）兩個觀念，我們點頭頻稱高見。無論迷信還是神話，活用到生活上又像橫財就手。那天到香港文化博物館參觀「數碼敦煌：天上人間的故事」，尚盧的兩個觀念像導師的小電筒，在課堂陰暗的投影片指出一條明路。

請別提洞窟分五大類令我更加頭痛，初進展覽會場，內廳一個落地銀幕放大壁畫，暗角有文字分析，偏廳的陳列櫃旁及相關文物，戴上3D眼鏡坐到斗室的旋轉椅，還可以作洞窟虛擬遊，我彷彿誤闖九曲十三彎，不知道怎樣逃出迷宮，尚盧的「流動」觀念倒提供一點頭緒。彩塑多為佛像，雕刻家潛意識還是自我中心，滿天神佛不都是人的肉身重新打造嗎？提起神來，不能不說莫高窟第285窟，洞頂四披固然飛竄著中國的日月神伏羲女媧和大力士烏獲，西域中亞、印度婆羅門教與波斯的神靈比如日天、月天、摩醯首羅、鳩摩羅天、毗那耶伽亦是上賓，甚至希臘的阿波羅和戴安娜也來湊熱鬧，不用召開聯合國高峰會議，中西方諸神早已在絲綢之路共賞黃昏。西方的畢加索經常用半人半牛的彌諾陶洛斯做創作對象，認同他的神秘力量，只是他代表的性無能和難免一死，又令情慾如創作力一般旺盛的藝術大師退避三舍。敦煌的東方壁畫師對人與獸的交流也是欲拒還迎，榆林窟第3窟的《文殊變》裏，文殊菩薩的坐騎是青獅，張開血盤大口似在怒吼，連牽動繮繩的崑崙奴也自覺駕馭不住，人對獸性總是充滿芥蒂，惟有寄望神靈把狂野鎮壓。然而多少神靈卻是自身難保，譬如鎮守崑崙山的開明神獸就是人首虎身、雷神倒過來虎頭人身、計蒙更是龍頭人身，暗黑裏碰口碰面，只像夜夢驚魂，惟有迦陵頻伽是好夢成真。幾個洞窟（莫高窟第45、148、285窟）所見，迦陵頻伽上半身是人體，下半身拖著鳥尾，雙腿纖細如鶴，方便背脊的羽翼一展開帶動輕巧的身軀，迦陵頻伽不只吹得一口好笛，正法念經還頌揚他「出妙聲音，若天若人」，寄託藝術家夢寐以求的天賦，洞窟上翱翔的飛天，不也就是迦陵頻伽的變奏？榆林窟第25窟又出現能言鳥，據說可以積德，幫助善男信女早登極樂，相信中國畫師並不認識能與意大利飛禽走獸溝通的聖方濟各，依然可見他們憧憬開心見誠的大同境界。

讀書人有福氣，研習佛經可以得成正果，沒有書讀的人只好求經變畫點化，一畫一經，敦煌畫師通常用異時同圖的繪畫手法表現，套用現代術語就是打破時空，拾尚盧的牙慧即是「容易滲透」。先到莫高窟第285窟看故事畫《五百強盜成佛》，一幕幕戰爭、審判、行刑、覺醒、受戒、參禪的場面，同一畫壁搬演，像戲曲的舞臺，不用落幕，已經好戲連場。也真的像戲曲，尤其是改編《紅樓夢》的幾齣，起初感情跌宕有如大鑼大鼓，激情逐漸收斂，最後是晨鐘暮鼓的一擊，阿彌陀佛。第217窟的《觀世音菩薩普門品》也像粵語古裝歌唱片，理想人選當然是余麗珍，無須蒙太奇割接，災難圖已經佈滿四壁，是畫家對現世不滿的投射，觀世音菩薩化身不同人形，滲入各個場面普渡眾生，寄託畫家對生存的一點希望。同一窟的《觀無量壽佛經》，佈局也別出心裁，正中央白描天國淨土，左右下壁配襯《未生怨》和《十六觀》的擾攘情事，形成一個凹字，突顯西方極樂清靜無為的境界。同樣構圖也可見於榆林窟第25窟北壁的《彌勒下生經變》，大幅的彌勒初會佔據畫的正中，左右下方是二會三會，眨眼像個「品」字，萬般皆下品唯有聽法高。初會本身已經高潮迭起，儴佉王把鎮國的七寶塔贈予彌勒，轉眼彌勒施予婆羅門眾神靈，諸神接手後立即拆卸瓜分，同一畫面見證法寶從有到無，《論語．憲問》兩句：「不義而富且貴，於我如浮雲」，不正切合眼前幻景？莫高窟第61窟的《五臺山圖》鋪陳一如風光紀錄片，「品」字形的構圖經過鳥瞰式透視法，堆疊成三個口，細說上中下三段法事，上方菩薩聖眾從佛國駕臨五臺山上空赴法會；中段一望無垠是五座主峰和大寺院，穿插文殊菩薩化現故事。下界俯視兩條入山巡禮的路線，朝香客三五成群，結伴同遊參拜，瞬息間神靈與世俗人共治一壁，想像與現實果然容易滲透。

不是初展風華，四年前「敦煌：說不完的故事」已經在香港文化博物館曇花一現，今番捲土重來，夾著數碼的威風。無論敦煌壁畫初見世面時怎樣天姿國色，始終敵不過歲月這一隻摧花手。莫高窟第 196 窟，部份木構屋簷就承受不了時日的壓迫以至塌毀。第 130 窟甬道頂存的團花圖案也模糊不清，南北壁的表層壁畫更被人剝落，底層揭露的盛唐供養人像畫，早已被人捷足先登，加上流沙掩蓋，潮氣腐蝕，也已經漫漶不清。甚至荷索鏡頭下的忘夢洞，因為擔心遊人的呵氣營造黴菌，亦停止開放。數碼本來有點欺騙觀眾的嫌疑，用來展覽虛弱的古蹟，魚與熊掌倒又兼得。

原載《蘋果日報》名采版「客座隨筆」欄二〇一八年十月二十一日

災難靠邊站

嬰兒潮時代出生的人活過二十一世紀，其間剛巧遇上戰爭後的昌盛期，以為安度晚年，不旋踵間災難有如兜口兜面的耳光，摑完一個又一個，捧著火辣辣的面頰，惶惶不知所以。上古時代聖經已經有洪水的記載，沙漠證明土地曾經大旱，時至今日，我們都熟悉山火肆虐、山泥傾瀉、火山爆發、地震、颱風、海嘯等天災，人禍又有核子輻射、種族歧視、帝國主義、極權政府打壓民主……九一一之後，恐怖分子隨意襲擊，全球抗議此起彼伏，向來平靜的香港，九七回歸前後已經人心惶惶，雨傘運動收起又接上反送中，一發不可收拾。近年瑞典的小妮子格蕾塔·通貝里振臂呼籲全球學生逢星期五罷課，組成人鏈抗議政府漠視氣候變化，局面是否真的這樣糟糕？臺北當代藝術館把天災人禍共冶一爐，我們正好趁著這個機會，反思災難的宣示。

展品可以非常繁複，信手拈來，就有鑲嵌在鋁版的雷射膜印刷；混合聚氯乙烯板、鐵架、混凝土碎片、錄像和鋁的立體模型，還要加上一隻絨毛老鼠標本；用沙石和飄流木等物料重塑一個遭受颱風肆虐的空間，再插上數十張肖像畫；借多媒體、雙頻道錄像、聲音裝置構想一個仇恨異族的白人的野戰房間……皮耶·雨格的攝影作品是展覽裏少數比較乾手淨腳的裝置，取名《印地安死寂之丘》，照片呈現暗紅色的荒漠，鋪滿碎石和泥沙，最惹人注目是躺在中央的一副骷髏骨，肉身已被歲月腐蝕，與土地溶為一體，阿塔卡馬沙漠的地質接近火星表皮，也不知道皮肉變成化合物後，會不會助長一株不知名的植物從乾土冒出來？生命在這裏會不會循環不息？惟是枯骨還未風化，彷彿拒絕死亡，不肯就這樣灰飛煙滅。

Chim←Pom與周防貴之展出五件裝置物件，關切的是一件事情。《有其民必有其城》、《超鼠：拆廢與起厝》、《歌舞伎町再生憲章》、《漢堡厝》、《藍曬碎片》與及錄像，都圍繞新宿的歌舞伎町事件做主題。一九六四年日本籌備東京奧運，說是一盡地主之誼，把歌舞伎町拆毀再重建。二〇二〇年奧運在東京再張旗鼓，社區會否遭遇同一命運？從一個類似袋裝怪物的漫畫角色得到靈感，藝術團隊與建築師製作了一隻超級老鼠，鍛練得免疫力抗拒毒藥，不會因為人類施加各種壓力而滅亡。在立體模型搭建的廢墟裝置一隻黃色毛絨老鼠標本，兩組藝術家質疑在災難的氛圍裏，人類是否也可以自我修煉為老鼠鐵金剛？

廢墟不一定是用落錘撞擊危樓的工地，也可以是去年今日此門中遭天災蹂躪的空間，王茹霖的複合媒材裝置作品《災難日常——桃芝》，用沙石和漂流木重塑二〇〇一年臺灣東岸風災後的殘局，再在場地豎起數十幅肖像畫，用蘸水鋼筆和水彩勾勒，人面與風姐桃芝相映紅，不是白髮蒼蒼臉上刻有皺紋的老人家，就是光禿著頭未經歲月雕琢的黃口小兒，年輕一輩的人面不知何處去？是為生計離鄉別井，還是已經背棄城鄉？笑颱風的只有年邁與稚齡兩個極端的人口結構，把風霜雨雪當作家常便飯。

大自然的災難肆意吞沒原住民的部落，藝術家的責任，就是在村落消失前留下一聲嘆息。八八風災摧殘新好茶村之後，安聖惠的兩組作品代表兩聲感喟。《分享、獵人、母親》突顯魯凱族的狩獵文化，平面影像裏，視為珍寶的部落意識，代表饒勇狩獵文化的獵人，象徵大地的母親，三個不同層次的影像互相交織，對族群的生命有無盡的呵護與包容。《蔓生的六角編織》裏，安聖惠用打包帶和彈性纖維雕出六棵樹，擺設成黑森林，重複裏肯定族群散播的力量，軟雕塑與燈箱透射的映像相距十年，正好是安聖惠出生的村落遭受風災的十年祭，她重歸故里，影像展露她遊離在現實與夢境間不能適應，黑森林倒又肯定生命抗拒災難繼續長存。

災難與神話相結合，衍生詭異的神怪形象，粉綠中透兩點紅光從來沒有顯得這樣陰森恐怖，曾湘淇的六幅繪畫，用針筆、塑膠彩和蠟筆，把擬魔化的圖像都勾勒出來。暗沉沉的背景更突顯怪獸凌駕上空的驚悸氛圍，讓我們記取傳説裏的神人異獸和牠們象徵的凶兆和隱秘訊息。細看《普吉之希》和《釜石之耀》畫面底部往往洩露一片光，加上一些兒童，儘管我們的力量像小孩般微弱，面對災難，依然勉力頑抗。

二〇一八年花蓮的地震，摧毀了雲門翠堤大樓，應該是堅實的人為建築物，不堪大自然的一擊，是這個意念觸發羅詩蘋拍攝《震後群》的紀錄片嗎？

起重機在災區裏挖出壓扁的傢私，彷彿在破碎的生活賺回零碎的記憶。科技發達，麻木了多少人的心智，諷刺地卻又在救災過程中擔當一個重要角色，人們可以憑藉智能手機即時傳達訊息，記者就是依據救援行動報告新聞，救援人員透過新聞又可以探知進度，相輔相成。

羅詩蘋的紀錄片著眼咬緊牙關承擔苦難的一群，沒有聲嘶力竭的呼喊，默默地看生命變得支離破碎。加藤翼的震後群就比較積極，二〇一一年三月十一號日本福島發生大地震後，加藤翼與友人親赴現場參加救亡運動，幫忙拆卸被海嘯摧殘的危樓，他們收集了一大堆廢料，起初也不知道怎樣處置，靈光一閃，廢物利用，加上在臺北街頭搜集到的木頭棄屑，製作錄像裝置作品《三一一光屋計劃》，映像就投射到支離破碎的木板上，在破敗中堅持一點創作。日文的光屋是中文的燈塔，木板裏我們看到當地居民合力拉起燈塔，光屋計劃也是光復行動。

災難可以用侵略的形式出現，譬如帝國主義的野心。風間幸子的木刻版畫《麥殖勞（發現新大陸）》就繪盡他們的醜態。畫面右方，原住民熱烈歡迎航海到來的訪客，明淨的心無旁騖，未知道對方懷有不軌企圖，行列中有人高舉M字牌，吃快餐長大的一族立刻認得這是代表跨國連鎖店麥當勞的符號，標榜經濟上的殖民。另一幅亞麻油毯浮雕版畫《戰後六十年雙六》，用日本雙六棋盤遊戲的格局，嵌入多與災難攸關的歷史事件——朝鮮戰爭、古巴導彈危機、中國大陸文化大革命，每一格代表一般普羅大眾的辛酸，無論資本主義還是共產主義，玩的最終都是權力遊戲。

越南芒族有一部史詩名為《生土生水》，用韻文的形式陳述世界萬物的成長過程，追溯地球從沒有生命的時刻，直至芒族在村寨建立家園安居樂業的經歷。「……濕淋淋的雨九夜十天，響嘩嘩的雨九天十夜……神讓水誕生後，接著給予了土，於是在土壤中產生了樹木和人……」波瀾壯闊的句語只贏得阮英俊一陣感嘆。自從石礦在他雙親的家鄉河內開採以來，極目所見，都是環境污染、生物瀕臨滅絕邊緣、文化結構瓦解，不再是創世紀，而是末日圖。哀悼中他完成複合媒材裝置作品《在呼吸中：無物靜止》，先用陶瓷雕塑了十一個頭顱，都用布蒙面，不止遮蔽眼耳口鼻，連帽也被覆蓋，只在帽緣和頭髮之間露出一點裂縫，當「資本主義的無形之手」伸到鄉野肆虐，這就是無產階級惟一呼吸的方法。在展覽廳又看到他在開採區實地拍攝的單頻道錄像，因為石礦過度開發，山野經常瀰漫濃霧，景致似乎詩意化，濃霧卻是帶菌的精靈，當地居民因而染上焦慮失調症，平白無事也坐立不安。

被迫流徙算不算是一種災難？瑪籟與黃錦城的二人組「巴卡芙萊」用紙箱、膠帶、鐵、紙、布製作的《蝸牛》，就是思索這個課題。紙箱是運載的工具，無論從部落移居都市，或者回流歸家，都需要紙箱搬運日常所需，兩名藝術家把紙箱拆散，重塑人的形象，似乎暗喻物品為人服務，紙人全身又給黃色的膠帶纏繞，人彷彿作繭自縛。在同一場地，二人組又展出《靈魂歸屬地》，用紅葉、籐蔓、竹枝和鐵拼湊，隱約呈現心臟與血管的意象，在文明一寸寸侵佔蠻荒的時刻，重構一個被忽略的部落人的形象。

威廉．路德．皮爾斯在一九七八年寫的《透納日記》本來藉藉無聞，一九九五年美國奧克拉荷馬城發生爆炸案，主謀之一提摩太．占士．麥克維說是受了這本書的影響，才引起公眾注意，小說繪影繪聲描述美國的一場種族衝突，詳細刻劃在洛杉磯大街大巷公開吊死大批所謂種族叛徒，包括猶太人、同志、異族通婚者，有規模的種族清洗瀰漫全城，終於擴展到全世界。別說皮爾斯危言聳聽，現時進駐在白宮第一寢室的不是透納的信徒嗎？陳瀅如與洪子健的複合媒材與影像裝置作品《透納檔案》也不過是反映現實，在展覽裏鋪陳主角透納隱匿之所，內裏佈滿工具、反擊策略、武器、與及用密碼抄寫的筆記，記錄怎樣製作炸彈、改良武器、藉自殺行動攻擊五角大樓和紐約市，五花八門，想到虛構的槍彈果然有實用價值，怎不教人怵目驚心。

透納的殘酷行為又被搬上小銀幕，是洪子建二十六分鐘的單頻道錄像《透納電影日誌》，固然指責美國當前的種族歧視，更突顯極端右翼的思想。畫外音朗誦《透納日記》小說的片段，與銀幕上半抽象的黑白映像互相輝映，暗喻觀點混淆的恐怖局面。一個鼓吹大量消費、痴肥是美、生活脱軌、吸毒即時尚的社會，正好是偏執和仇恨的溫牀。白人至上的優越主義者呼喊「破壞即是救贖」的口號，令人想起現時在華盛頓首府死纏難打的第一狂人，不久前還高叫四位美國眾議院的美籍非裔成員「返回老家」。

同是單頻道錄像，洪子建的《透納電影日誌》是艾森斯坦的蒙太奇，周滔的《山之北》卻是貝拿．塔爾愛用的長鏡頭。從沙漠出發，繞過戈壁、山嶺、河谷，終於找到一片新綠，冰雪未降，村民且到山巒搜羅一年來四處流散的牛羊。七十七分鐘裏，周滔的鏡頭用史無前例的耐性，默默觀察周遭的生命，他明白到只有讓攝影機和環境共處，誠意等待，方能把自己溶入大自然，自我意識逐漸薄弱，以致達到完全忘我的境界，然後領悟到人與自然的契機。山變成隱喻，既是眼前一片不可僭越的屏障，也帶領我們克服內心的恐懼，走出時間的困境。

難民被戰爭毀滅家園，在世界各地流離失所，是近年艾未未熱切關心的課題。展覽裏一系列四件作品，用畫紙的靜態呼應錄影帶的動態。《奧德賽》是一張牆紙，用古希臘神話做出發點，追溯西方文明與民主之路的發源地，艾未未用明暗對照的圖像，加插歷史和真人真事，素描曾經發生在敘利亞的人間地獄，像書架般劃分為一層層，視線從上到下游離，可以體會到戰火燒燬遮頭的瓦後，難民被迫離鄉背井，飄洋過海，在難民營經歷煉獄似的生涯，還要面對歐洲社會的種族歧視和暴戾態度。另外參展的是三部錄像作品：《在海上》，艾未未用智能手機拍攝難民試圖在歐洲登陸的過程；《伊多梅尼》引領觀眾到希臘與前南斯拉夫馬其頓共和國邊境的一個村落，用電影日誌的形式縷刻難民營的非人生活；《加萊》體驗另一段人間的羞恥，描述二〇一六年法國一個難民營被拆除時，超過六千名難民面對的艱苦處境。卻是長篇紀錄片《人流》帶著史詩的磅礡，以希臘的萊斯沃斯島作為橋頭堡，艾未未追隨難民的足跡，遠及肯亞、伊拉克、約旦、土耳其、加沙地帶，兜兜轉轉又回到希臘北部，難民一步步試探異鄉廣袤的大地，碰觸始終是異鄉人的冷面，實在精力交瘁，艾未未更引用土耳其人納齊姆．希克梅特的詩為他們發言，難民爭取豹子和種子的權利，只因為兩者高視闊步四處散佈，代表延續的生命，也是世界上初民的成果。從各個獨立而又相連的故事，艾未未野心勃勃，要一網打盡戰後群在動蕩時代的命運，為他們作出基本人權的伸訴。

當代多樣生物保育專家彼得．漢密爾頓．雷文預言，二〇五〇年地球上將有三份一的生物消亡或者瀕臨滅絕邊緣，他可不是危言聳聽，自從工業革命，人類因為貪婪，不斷消耗自然資源、污染環境，把大自然置於失衡的狀態，大自然就用雪崩、乾旱、颱風、海嘯和昇溫的方式報復。書畫藝術家吳繼濤自覺處在生死存亡的關頭，回首臺灣島嶼，用十年的時間繪畫了《荒巖三部曲》，這系列的構想非常複雜，本身分為《無盡的荒巖》、《懸浮的島嶼》、《末日的輓歌》，最後這一母題又用長軸的格式，囊括《雷霆怒》、《山河變》、《世間厄》、《寂滅道》和《試煉劫》五個子題。《災難的靈視》展覽的是第三子題裏的《捲嘯》，在廣興褚皮紙上，吳繼濤用水墨設色描繪海嘯激起波濤洶湧的氣勢，有如龍捲風，又似窗玻璃凝聚的水滴，前景的巨浪有如臂彎，環抱背後的都市，看似就要被巨浪吞噬。落款引敘利亞詩人阿多尼斯的偈句，自比一個行將終結的世界，卻不肯接受末日已到，還想仿傚火鳳凰再生，在廢墟裏擁抱幻影與魅影，畫家與詩哲共同指出人類死不悔過。

展覽也有反送中的內容，只是這幾個月來香港的讀者已經親歷其境，無容我囉嗦。

以往香港電影界有一個傳統，趁著新春檔期打造賀歲喜劇，取個吉祥的片名，向觀眾拜年，恭祝一年到晚笑口常開，這次臺北當代藝術館在新春前後推出《災難的靈視》，迷信的人會覺得大煞風景。然而藝術館既然代表當代，就要突破傳統。倒記得災難片流行的時節，年初一在戲院看過《海神號遇險記》，災難往往招致集體死亡，家園盡燬，需要重新開始，或者就是這個意念，吸引藝術館陳列災難，日復一日，生活一成不變，生性怠惰的人容易因循苟且，夢遊做人，智能手機瘋魔全球後，走在街上的人不是多成了低頭族嗎？災難從天而降，推翻我們向來信奉的一切，倒提供其他可能，災難的象徵不一定是負面。

原載《大頭菜文藝月刊》二〇二〇年三月總第五十六期

惟得

散文及小說作者，也從事翻譯，現居加拿大。

一九七〇年代開始創作小說，多刊於《大拇指週報》，並任該刊書話版編輯。

一九八〇年代初為《香港時報》及《號外》撰寫專欄，一九八四年赴美求學，畢業於加州柏克萊大學，一九九〇年代重新寫作，文稿散見《明報》、《信報》、《蘋果日報》和香港電影資料館叢書，近年著作多發表於《香港文學》、《城市文藝》、《大頭菜文藝月刊》及《別字網志》，小說〈十八相送〉收錄於《香港短篇小說選二〇〇六—二〇〇七》（二〇一三年），小說〈長壽麪之味〉收錄於《香港短篇小說選二〇一三—二〇一四》（二〇一八年），著有短篇小說集《請坐》（二〇一四年，素葉出版社）、《亦蜿蜒》（二〇一八年，初文出版社）；散文集《字的華爾滋》（二〇一六年，練習文化實驗室）、《路從書上起》（二〇二〇年，初文出版社）；電影散文集《戲謔麥加芬》（二〇一七年，文化工房）。

香港藝術發展局
Hong Kong Arts Development Council 資助

香港藝術發展局全力支持藝術表達
自由，本計劃內容並不反映本局意見。

本創文學46

或序或散成圖

作　　者：惟 得
策劃編輯：黎漢傑
責任編輯：王芷茵
封面繪畫題字：李錦榮
封面設計：Kaceyellow
法律顧問：陳煦堂 律師

出　　版：初文出版社有限公司
電郵：manuscriptpublish@gmail.com

印　　刷：陽光印刷製本廠

發　　行：香港聯合書刊物流有限公司
香港新界荃灣德士古道220-248號荃灣工業中心16樓
電話 (852) 2150-2100 傳真 (852) 2407-3062

臺灣總經銷：貿騰發賣股份有限公司
地址：新北市中和區中正路880號14樓
電話：886-2-82275988
傳真：886-2-82275989
網址：www.namode.com

版　次：2021年4月初版
國際書號：978-988-75149-2-3
定　價：港幣108元 新臺幣330元

Published and printed in Hong Kong

香港印刷及出版
版權所有，翻版必究